# DIE FRAU AM KLAVIER

Ja, die Lieb ist'n eigen Ding.

*Matthias Claudius*

CLAUDIA DI IORIO MEIER

# DIE FRAU AM KLAVIER

Roman

**Bibliografische Information der Deutschen Nationalbibliothek**
Die Deutsche Nationalbibliothek verzeichnet diese Publikation
in der Deutschen Nationalbibliografie; detaillierte bibliografische
Daten sind im Internet über http://dnb.d-nb.de abrufbar.

Lektorat: Rea-Revekka Poulharidou / www.rea-poulharidou.de
Grafik: Arfica Studio/ Shutterstock.com

Umschlagdesign, Satz, Herstellung und Verlag:
BoD - Books on Demand, Norderstedt
ISBN  978-3-7481-0952-5

# Die Frau am Klavier – 1. Teil

Wie jeden Tag, hoffte er sie zu sehen. Auf seinem Arbeitsweg musste er durch das edle Wohnquartier gehen, wo die Reichen und die Oberschicht von Zürich wohnten. Herrschaftliche und elegante Villen säumten den Weg, und es waren alteingesessene Ärzte, Anwälte sowie Kunsthändler am *Zürichberg* anzutreffen. Denn nur überaus gut verdienende Menschen konnten es sich leisten, hier zu leben. Der moderne Neubau mit den großen Fenstern war ihm sofort aufgefallen. Er war überrascht, dass zwischen den pompösen Villen ein derart schicker Neubau von der Baubehörde bewilligt worden war. *Na ja, mit Geld kann man sich eben fast alles kaufen*, dachte er. Vielleicht steckte sogar eine Bestechung dahinter. Das war ja oft in der Zeitung zu lesen. Als er das erste Mal an diesem kühnen Neubau vorbei kam, war er vor allem wegen der sanften Tönen stehen geblieben, die durch das große Terrassenfenster auf die Straße drangen. Er liebte klassische Musik und erkannte eine liebliche Melodie von Mozart. Er blieb einen Moment stehen und hörte gebannt dem zauberhaften Klavierspiel zu. Er schloss die Augen und folgte den Noten. Plötzlich wurde die schöne Musik durch eine unwirsche Stimme unterbrochen. »Schatz, könntest du bitte dein morgendliches Geklimper um eine Stunde verschieben? Ich muss mich auf eine wichtige Sitzung vorbereiten! Bei diesem Lärm kann ich mich nicht konzentrieren!« Es folgte Stille. Er blickte neugierig zum Fenster und erkannte die Umrisse eines Klaviers.

Er ging ein paar Schritte näher zum Haus und versteckte sich hinter einem alten Kastanienbaum. Seine Augen suchten nach der Person, welche die himmlischen Töne gespielt hatte. Plötzlich stand sie am Fenster. Erschrocken zog er seinen Kopf zurück. Hoffentlich hatte sie ihn nicht gesehen. Vorsichtig blickte er hinter dem Baumstamm hervor. Sie stand immer noch da. Eine zierliche Gestalt eingehüllt in einen dicken Morgenmantel. Es kam ihm vor, als friere sie. Sie rieb sich an den Armen und starrte ins Leere. Wenn er doch ihre Gedanken erraten könnte. Wie gerne hätte er ihr gesagt, dass sie wundervoll gespielt hatte! *Der andere hat ja keine Ahnung von Musik! Wie kann der nur so ungehobelt sein und dieses Klavierspiel als Geklimper bezeichnen!* Er schüttelte verständnislos den Kopf. Die Kirchenuhr schlug acht Uhr. *Mist, ich muss los!* Er schaute sich um und zum Glück hatte ihn niemand gesehen. Mit eiligen Schritten machte er sich davon.

## Toskana, September 1999

»Ich hätte nicht gedacht, dass Sie kommen würden«, lachte Kurt. Seine freudige Aufregung konnte er geschickt verbergen. Denn seit er Simone bei der Autobahnraststätte in der Nähe von Milano gesehen hatte, ging sie ihm nicht mehr aus dem Kopf. Dass Simone ihn ausgerechnet in dem Moment angesprochen hatte, als er ein paar unverständliche Worte in italienischem Kauderwelsch an den Tag legte, war ihm peinlich. Er kam sich lächerlich vor. Und das kam bei Kurt eher selten vor. Simone aber, fand ihn überhaupt nicht lächerlich. Sie manövrierte ihn charmant aus der Patsche und freute sich, dass sie ihm helfen konnte. Niemals wäre sie auf den Gedanken gekommen, ihn bloß zu stellen. Sie gehörte zur Sorte *Gutmensch* und das hatte Kurt sofort erkannt. Er hingegen gehörte eher zur Sorte *Machtmensch*. Er schnappte sofort zu, wenn sich eine Schwachstelle anbot. Das war sein Job. Und manchmal vergaß er, dass es im Leben nicht immer um Arbeit und Ansehen ging. Bei Simone verspürte er keinen Drang nach Erfolg und Anerkennung. Bei ihr konnte er seine andere Seite ausleben. Er wollte Simone unbedingt besser kennenlernen und sie erobern. Mit ihr könnte er ein glückliches Leben führen. Das spürte er sofort. Durch sie würde er endlich zur Ruhe kommen. Er stellte sich bereits vor, mit ihr eine Familie zu gründen, in einem hübschen Haus mit Garten zu leben und mit Freunden gemeinsam zu verreisen. Kurt war Feuer und Flamme, obwohl er Simone kaum kannte. Auch sein Gefühl sagte ihm, dass sie die Richtige sei. »Wenn ich etwas verspreche, dann halte ich es auch ein«, lachte Simone und setzte sich neben Kurt auf die Bank. Die Piazza *dei Miracoli* beim schiefen Turm von Pisa war sehr belebt. Im September reisten viele Touristen durch die Toskana, weil dann die größte Hitze und die langen Sommerferien der Italiener vorbei waren. Pisa gehörte zu den beliebtesten Touristenzielen. Kein Wunder, dass jetzt dort ein reges Treiben herrschte. Am Rande der Piazza standen viele Busse aus denen japanische sowie andere asiatische Touristen strömten. »Ich fand übrigens die Idee mit dem chinesischen Sonnenschirm lustig und tatsächlich sind Sie mir in der Menge gleich aufgefallen.« »Ach, nur wegen des Schirms?«, neckte Kurt Simone. »Na ja, auch wegen der schrecklichen Farbe Ihres Hemdes«, lachte Simone. »Rosa ist jetzt total modern«, verteidigte sich Kurt grinsend. »Sie sehen bezaubernd aus. Das rote Kleid steht Ihnen ausgezeichnet. Das soll aber jetzt keine Anmache sein. Ich meine das ganz ehrlich.« »Danke für das Kompliment. Wir hatten ja vereinbart, dass ich etwas Rotes anziehen soll, damit sie mich in der Menschenmenge besser erkennen können. Ich habe das Kleid übrigens in Florenz in einer kleinen Boutique gefunden. Es hat mich an meine Kindheit erinnert. Immer wenn ich mit meinen Eltern ein Konzert besuchte, wollte ich ein rotes Rüschenkleid tragen, weil ich mich dann wie eine Carmen fühlte. Okay, das ist jetzt vielleicht für Sie nicht gerade interessant. Ich bin etwas aus der Übung gekommen. Ich hatte schon lange keine Verabredung mehr.« Simone senkte verlegen den Kopf. Und da war es wieder dieses Gefühl! Kurt war überwältigt. »Nein im Gegenteil, es interessiert mich was Sie erzählen. Ich möchte Sie unbedingt näher kennenlernen!«, sprudelte es aus Kurt heraus. »Kommen Sie, ich habe hier in der Nähe ein kleines nettes Restaurant gesehen, wo wir in Ruhe reden können. Sie müssen mir alles über sich erzählen!« Kurt sprang auf und reichte der völlig verdutzten Simone die Hand. Im Schnellschritt ging Kurt voran und Simone hinterher. »Weshalb so eilig?« lachte Simone. »Weil ich es kaum erwarten kann, mit Ihnen allein zu sein«, erwiderte Kurt und drängte Simone schneller zu laufen. »In einem italienischen Restaurant werden wir kaum alleine sein.« »Das werden wir ja sehen!« Simone ließ sich von

Kurts guter Laune anstecken und folgte ihm freudig. Kurt schlängelte sich durch die Menge. Die Menschen strömten von allen Seiten her und in den engen Gassen war es nicht einfach, rasch vorwärts zu kommen. Simone hätte sich gern etwas mehr Zeit gelassen, denn am Wegesrand gab es viele kleine hübsche Läden mit Schuhen und Taschen in den Auslagen. Doch Kurt marschierte weiter und hatte keinen Blick für all die Schönheiten übrig, die Pisa zu bieten hatte. Simone wusste nicht so recht, ob sie das Verhalten von Kurt lustig oder eigenartig finden sollte. Nun gut, ihr blieb nichts anderes übrig, als ihm zu folgen. Nach ungefähr zwanzig Minuten fordernden Schrittes standen sie endlich vor dem kleinen *Ristorante Fiori*. Auf den ersten Blick sah es etwas vernachlässigt aus, als ob es für längere Zeit geschlossen gewesen war oder auf eine Renovierung wartete. Kurt öffnete galant die Türe und ließ Simone eintreten. Im Innern befanden sich nur fünf kleine Tische. Einer davon war in festlichem Weiß gedeckt. Ein roter Strauß Rosen und silberne Kerzenleuchter sorgten für ein romantisches Ambiente. Simone war irritiert. Sie schaute Kurt fragend an. »Und wie gefällt es Ihnen? Ich hoffe, ich habe nicht zu viel versprochen.« Kurt schubste Simone sanft zum Tisch und deutete ihr, sich zu setzen. »Ah, da sind ja meine Gäste! Herzlich willkommen in meinem kleinen Reich! Ich bin Roberto, Ihr Kellner und Koch zugleich. Bitte nehmen Sie Platz. Ich bringe gleich den Aperitif.« Alberto rauschte in die Küche. »Können Sie mir bitte erklären, was das hier soll«, flüsterte Simone. Ihr war unbehaglich zumute. »Ich sagte doch, dass ich mit Ihnen allein sein möchte und deshalb habe ich das gesamte Restaurant gemietet. Ein entfernter Bekannter hat es mir empfohlen. Der gute Roberto hat dieses Schmuckstück nur im Winter für die Einheimischen geöffnet. Er hat von all den massenhaften Touristen die Nase voll und kann es sich leisten, das Restaurant nur während der Wintersaison zu betreiben. Sein guter Ruf reicht bis nach Florenz. Dank meines Bekannten macht er heute Abend eine Ausnahme und kocht nur für uns. Na, wie finden Sie das?« Kurt strahlte über das ganze Gesicht. Simones Unbehagen verflüchtigte sich augenblicklich und sie schenkte Kurt ein dankbares Lächeln. Entspannt lehnte sich Simone in den Stuhl zurück und nahm das Glas Prosecco entgegen, das ihr Roberto mit einem verschmitzten Lächeln überreichte.

## *Im Januar 2005*

»Oh mio dio! Signora, bitte wachen Sie auf!« Adriana tätschelte Simones Gesicht. »Ich hole Ihnen gleich ein Glas Wasser!« Die korpulente Hausangestellte öffnete die große Schiebetür zur Gartenterrasse und hoffte, dass die kalte Januarluft ihre Arbeitgeberin wieder auferstehen ließ. Mit einem Glas Wasser kehrte sie zu Simone zurück, die inzwischen wieder bei Sinnen war. »Was ist passiert?«, fragte Simone noch etwas leicht benommen. »Ich habe Sie hier ohnmächtig auf dem Sofa gefunden. Ich dachte schon Sie seien tot wie eine Maus!« »Ach Adriana, Sie schauen zu viele Krimis! Mir geht es gut. Mir war nur etwas schwindelig und ich habe mich für einen Moment hingelegt.« »Das kommt davon, weil Sie kein Frühstück essen! Ich bereite Ihnen jetzt ein schönes Rührei vor und davor trinken Sie einen frisch gepressten Orangen-Karottensaft. Und ich dulde keine Widerrede, cara mia!« Simone brachte ein knappes Lächeln über ihre Lippen. Adriana war eine gute Seele und Simone war überglücklich, dass sie zweimal pro Woche nach ihr und dem Haushalt schaute. Adriana war ihr inzwischen eine liebe Freundin geworden. Sie hatten sich vor zwei Jahren im Sommer in der Toskana kennengelernt, wo Simone und Kurt ihr Ferienhaus hatten. Adriana war Köchin und für ihre traditionelle Küche beliebt. Simone und Kurt besuchten oft das Speiselokal in dem sie arbeitete. Als Adriana erfuhr, dass Simone und ihr Mann aus der Schweiz kamen, erzählte sie voller Begeisterung, dass sie zu ihrer Tochter nach Zürich ziehen würde. Ihr Mann sei vor kurzem gestorben und sie fühle sich ohne Familie einsam. Ihre Tochter habe zwei süße kleine Kinder und sie wolle ihr im Haushalt und beim Großziehen der Kinder helfen. Sie könne doch ihre Enkelkinder nicht aus der Ferne heran wachsen sehen. Simone und Adriana hatten gleich einen guten Draht zueinander gefunden, obwohl Adriana zwanzig Jahre älter als Simone war. Doch der Altersunterschied spielte überhaupt keine Rolle. Simone gab Adriana ihre Adresse und bat sie, sich bei ihr zu melden, sobald sie in Zürich angekommen sei. Adriana meldete sich wenige Monate später und wurde gleich als Haushaltshilfe angestellt, denn mit der kleinen Witwenrente konnte Adriana in der Schweiz nicht über die Runden kommen. Dazu kam, dass sie ihrer Tochter finanziell nicht zur Last fallen wollte. Kurt staunte nicht schlecht, als er eines Abends nach Hause kam und Adriana sah. »Übrigens lag heute vor der Haustür dieser schöne Blumenstrauß«. Adriana zeigte mit dem Kopf Richtung Glastisch. In einer weißen kunstvollen Keramikvase stand ein rosafarbiger Strauß Gerbera. »Ich wusste nicht, dass Sie einen neuen Verehrer haben, cara Signora«, grinste Adriana. Simone betrachtete erstaunt den Blumenstrauß und fragte:»War eine Karte dabei?«»No, nichts dabei!« Von Kurt konnten die Blumen nicht sein. Er schenkte ihr stets rote Rosen. Simone überlegte, von wem die Blumen sein könnten. Doch plötzlich überkam sie eine heftige Migräneattacke und ließ sie nicht mehr weiter denken. Sie schloss die Augen und hörte, wie Adriana in der Küche vor sich her summte und die Eier in der Schüssel zu Rührei schlug.

## Toskana, September 1999

Von nun an trafen sich Simone und Kurt jeden Tag. Kurt hatte außerhalb von Florenz im Chianti Gebiet ein rustikales Landhaus mit großem Garten gemietet. Simone war begeistert, als er ihr das prachtvolle Anwesen zeigte. Es lag auf einem kleinen Hügel und bot eine einmalige Aussicht auf die bezaubernde Landschaft, die schon viele Maler und Schriftsteller inspiriert hatte. Olivenhaine, Weinreben und Zypressen zierten die faszinierende Umgebung. Simone kam sich wie in einer Märchenwelt vor und wollte am liebsten für immer hier bleiben. Sie fühlte eine Zufriedenheit in sich, die sie schon lange nicht mehr gespürt hatte. Seit dem tragischen Unfall vor vier Jahren wurde ihr Leben von dunklen Schatten begleitet. Nur dank der Hilfe ihrer Eltern konnte sie den Alltag einigermaßen wieder meistern. Angstzustände und Depressionen bestimmten fortan Simones Leben. Sie musste sogar ihre geliebte Arbeit als Musiklehrerin aufgeben. Simone wollte nicht an diese schwere Zeit zurück denken und richtete daher ihr Augenmerk wieder auf das Haus. Es wurde ihr warm ums Herz. Spontan umarmte sie Kurt. Ihm hatte sie die längst vergessenen Glücksgefühle zu verdanken. Und als er ihr das Herzstück des Hauses zeigte, die riesige Küche mit dem alten gusseisernen Kochherd mit offener Feuerstelle, war es um Simone geschehen! Sie drehte sich wie eine Primballerina im Kreis, tänzelte von einer Vitrine zur anderen und öffnete neugierig alle Schränke. Sie war von all den verschiedenen Töpfen, Schalen, Schüsseln und Pfannen hingerissen und stellte sich bereits vor, was sie in der Küche alles zaubern könnte. In Gedanken ging sie bereits alle Rezepte durch, die sie in der Kochschule bei Maria in Florenz gelernt hatte. Von der Küche aus ging es direkt in den Garten, und wie es sich für eine gut ausgestattete italienische Küche gehörte, war dort ein Kräutergarten angelegt. Aromen von Rosmarin, Basilikum, Thymian, Oregano, Salbei und Minze ließen Simones Nasenflügel leicht beben. In der Mitte des Gartens standen ein Orangen- und Zitronenbaum in voller Pracht. Sie strahlte Kurt an. »Wie bist du nur zu einem solchen traumhaften Anwesen gekommen?«, wollte sie wissen. »Ich konnte zum Glück meine guten Beziehungen walten lassen. Ich verbringe schon seit vielen Jahren meinen Urlaub in der Toskana, und ich träumte schon lange von einem alten Landhaus. Ich habe es erst letztes Jahr entdeckt. Doch alleine hatte ich keine Lust in diesem großen Haus meinen Urlaub zu verbringen. Und dann habe ich dich getroffen und verspürte den Wunsch, dir meine Rückzugsoase zu zeigen. Und als du von deinem Kochkurs erzähltest, wusste ich, dass es dir gefallen würde und du auch vom Kräutergarten begeistert sein würdest, der dringend eine erfahrene Pflege braucht. Wenn du möchtest, kannst du deinen restlichen Urlaub hier verbringen. Das Haus hat genügend Zimmer und ich würde mich sehr darüber freuen. Hier kannst du all deine Rezepte ausprobieren und ich koste sie. Was willst du noch in Florenz? Hier bist du auf dem Land und kannst dich erholen. Bitte sage Ja!« Kurt trat auf Simone zu. Er nahm sie zärtlich in seine Arme und flüsterte: »Du würdest mich zum glücklichsten Mann dieser Welt machen.«

Simone brauchte nicht lange zu überlegen und sagte zu. Kurt hatte für sie das schönste Zimmer ausgesucht und keine Kosten gescheut, es geschmackvoll einzurichten. Es lag in der oberen Etage, ein Dachzimmer mit einem kleinen Balkon zum Garten gerichtet. Simone war gerührt, wie Kurt sich hingebungsvoll um sie kümmerte und ihr jeden Wunsch von den Augen ablas. Er tat ihr gut und an diesem bezaubernden Ort fühlte sie sich glücklich. Seit sie in Italien war, hatte sie kein einziges Mal mehr an den Unfall gedacht und die Angstzustände waren verschwunden. Sie fühlte sich losgelöst. Manchmal konnte sie es kaum glauben, dass das Schicksal es mit ihr doch noch gut meinte. Rasch schob sie die letzten Bedenken zur Seite. Sie wollte einfach nur genießen. Jeden Moment mit Kurt auskosten und im Jetzt leben! Und auch Kurt war froh, dass Simone ihre restlichen Urlaubstage mit ihm zusammen verbrachte. Er vergaß sogar seine Arbeit, so stark war er mit dem Einrichten des Hauses beschäftigt. Denn er hatte Simone noch nicht verraten, dass er die Absicht hatte, es zu kaufen. Er wollte sie damit überraschen. Denn für Kurt war ganz klar, er wollte zukünftig seine Ferien nur noch mit Simone an diesem Ort verbringen. Er musste nur noch den richtigen Zeitpunkt abwarten, um ihr die freudige Nachricht mitzuteilen. Ihm war nicht entgangen, dass Simone manchmal tief in Gedanken versunken war und eine schwere Last mit sich zu tragen schien. Er wollte sie nicht drängen. Sie würde ihm bestimmt, sobald sie sich näher gekommen waren, ihre Sorgen offenbaren. Kurt war dermaßen von Simone begeistert, dass er kurzerhand seinen Urlaub um zwei Wochen verlängerte. Er teilte seinem Arbeitgeber mit, dass er wegen familiärer Gründe erst Mitte Oktober wieder zur Arbeit kommen könne. Es war ja nicht mal gelogen. Denn Kurt war fest entschlossen, Simone zu heiraten. Aber eins nach dem anderen. Er musste vorsichtig vorgehen. Er wollte Simone nicht überfahren. Er befürchtete, dass er sie mit seinen starken Gefühlen überfordern würde. Er nahm sich vor, geduldig zu sein. Das war nicht gerade seine Stärke, aber er wusste, wenn er etwas unbedingt wollte, dann gelang es ihm, es auch zu bekommen. In diesem Fall war nicht Schnelligkeit gefragt, sondern langsames Herantasten. Und sobald er ihr Herz erobert haben würde, würde er sie nie mehr loslassen.

\*\*\*

Es war bereits Ende Oktober und das launige Herbstwetter machte mit Regen und kalten Temperaturen seinem Namen alle Ehre. Er war sehr unruhig. Seit Tagen hatte er sie nicht mehr gesehen. Das Klavierspiel war verstummt und die Fenster blieben geschlossen. Er hatte gehofft, sie wenigstens einmal zu sehen, wenn sie das Haus verließ oder nach Hause kam. Aber während er sich die Füße platt stand, war von ihr nichts zu sehen. Nur einmal erblickte er eine rundliche ältere Frau. Er vermutete, dass es die Putzfrau sein könnte. Inzwischen hatte er herausgefunden, wer in der schicken Villa wohnte. Auf dem Klingelschild stand *S. & K. Wiederkehr*. Im Internet recherchierte er nach dem Namen und fand heraus, dass Kurt Wiederkehr eine eigene Firma besaß und verheiratet war. Was hätte er anderes erwarten sollen. Aber vielleicht hatte er doch noch eine Chance. Er musste herausfinden, ob sie glücklich war. Aufgrund der Musikstücke, die sie spielte, beschlich ihn das Gefühl, dass sie ein einsamer Mensch sein musste. Als er sie das erste Mal am Fenster stehen sah, ließ ihre Körperhaltung eine große Traurigkeit erkennen. Er war ein guter Beobachter und war sich sicher, dass da etwas nicht stimmen konnte und er hegte den sehnlichen Wunsch, sie kennenzulernen. Andauernd musste er an sie denken, doch er sprach mit niemanden darüber. Er wusste, dass er als Sonderling galt. Er war gerne für sich. Im Geschäft mied er die gemeinsamen Kaffeepausen oder Mittagessen. Mittags ging er viel lieber spazieren und hörte den Vögeln zu. Nebst der Musik, liebte er es, Tiere zu beobachten. Oft ging er in den Zoo, der in der Nähe des Büros lag. Das Beobachten der Tiere beruhigte ihn. Er studierte gerne ihre Verhaltensweisen und verglich sie mit den menschlichen. Er war Buchhalter, doch sein beruflicher Ehrgeiz hielt sich in Grenzen. Für ihn war wichtig, dass er einem geregelten Tagesablauf nachgehen konnte. Er war sehr froh, dass er ein Einzelbüro besaß und in Ruhe für sich arbeiten konnte. Sein Chef ließ ihm viele Freiheiten, weil er seine Aufgaben gut und zuverlässig erledigte. Das Einzige was sein Vorgesetzter an ihm auszusetzen hatte, war seine Absonderung von den Arbeitskollegen. Der Chef wünschte sich von ihm mehr Teamgeist. Doch er sträubte sich dagegen. Nur beim Weihnachtsessen machte er eine Ausnahme. Dann setzte er sich neben Frau Schuster, der ältesten Mitarbeiterin, die gerne viel redete. Er musste ihr einfach nur zuhören oder vortäuschen, dass ihn das Geschwätz interessiere. Denn ihr pausenloses Gerede ging den Meisten auf die Nerven. So ließen die Arbeitskollegen ihn in Ruhe und zugleich waren sie ihm dankbar, dass er sich mit Frau Schwatzbase abgab. Wie gerne würde er jetzt neben ihr am Klavier sitzen. Ihre Hände waren bestimmt schön und gepflegt. Die langen Finger würden federleicht über die Tasten gleiten und ihnen wunderbare Töne entlocken. Er würde sie von der Seite betrachten, sich jede ihrer Bewegungen genaustens einprägen. Zärtlich würde er ihr eine Haarsträhne aus dem Gesicht streichen, jeden einzelnen Finger küssen und sie ganz langsam an sich heran ziehen, bis er ihren Körper an seinem spürte. Er würde seinen Kopf auf ihre Schulter legen und beobachten, wie ihre Brustwarzen hervor stehen würden. Er schüttelte sich. Verdammt, er musste sich auf die Arbeit konzentrieren!

In seiner ganzen beruflichen Laufbahn war ihm bislang noch kein Fehler in einer Bilanz passiert. Sein Chef hatte ihm den Lapsus verziehen, weil er sich aus der Affäre reden konnte. Er schwindelte seinen Chef an, als er ihm sagte, dass er an starken Kopfschmerzen gelitten hätte, sich jedoch wegen den Jahresabschlussarbeiten nicht krankschreiben hatte lassen wollen. Der Chef glaubte ihm und gab ihm den Rat, das nächste Mal besser nach Hause zu gehen. So konnte das nicht weitergehen! Er musste versuchen, sie zu vergessen. Er entschied von nun an, einen großen Umweg zu machen und nicht mehr an ihrem Haus vorbei zu gehen. Während der Wintermonate würde er sie mit großer Wahrscheinlichkeit nicht zu Gesicht bekommen. Daher konnte und musste er sich jetzt auf die Arbeit konzentrieren. Die Jahresabschlüsse standen an und da war seine ganze Aufmerksamkeit gefordert. Er stürzte sich wie ein Besessener in die Arbeit.

## *Im Januar 2005*

»Von wem sind die Blumen?«, wollte Kurt wissen. Simones Kopfschmerzen hatten sich etwas gelindert. Doch kaum war ihr Ehemann nach Hause gekommen, setzte die Migräne wieder ein. »Ich weiß es nicht. Der Strauß lag vor der Tür«, antwortete Simone und verzog schmerzhaft das Gesicht. Kurt legte seine Mappe auf den Tisch, ging in die Küche und holte sich ein Glas Rotwein. Adriana hatte für ihn kleine Antipasti-Häppchen zubereitet. Simone aß selten am Abend, weil ihr das späte Essen den Schlaf raubte.

Sie lehnte sich ins weiche Sofakissen zurück und massierte die Stirnpartie. »Wieder Kopfschmerzen?«, fragte Kurt kühl. Simone nickte nur. »Wann gehst du endlich zum Arzt? Deine Migräneanfälle häufen sich. Du siehst abgekämpft aus. Strengt dich das Nichtstun zu sehr an?«, fragte Kurt sarkastisch. Simone schloss die Augen. Sie hatte keine Lust auf eine Diskussion und sagte stattdessen: »Ich möchte gerne für ein paar Tage in die Toskana reisen. Du bist ja ziemlich beschäftigt und wirst meine Abwesenheit kaum bemerken.« Kurt sagte einen Moment nichts. Er schaute seine Frau mit eigenartigem Blick an. »Hat dein Sinneswandel etwas mit den Blumen zu tun?«, fragte er in schärferem Ton. Simone setzte sich ruckartig auf und schrie: »Nein! Es hat mit meiner Gesundheit zu tun und ich muss Nachdenken.« Kurt erwiderte gelassen: »Hast du wirklich gedacht, dass ich dich alleine in die Toskana fahren lasse! Da hast du dich geschnitten. Das Haus ist nur für uns zwei bestimmt. Und Weglaufen macht die Sache nur noch schlimmer! Du hattest genügend Zeit zum Nachdenken!« Kurt stellte wütend das Glas Rotwein auf den Tisch. Der Wein schwappte über und breitete sich wie eine Blutlache über die Tischplatte aus. Er schnappte seine Mappe und ging ins Arbeitszimmer, in die obere Etage. Verärgert knallte er die Tür zu. Simone zuckte vor Schreck zusammen. Ihre Hände zitterten. Einmal mehr hatte sie Kurt verärgert. Traurig verzog sie sich in ihr Schlafzimmer. Wie er sich doch verändert hatte. Und trotz all der Probleme wollte Kurt sie nicht gehen lassen. Er klammerte sich an vergangene Zeiten, die nie wieder so sein würden, wie damals in Italien. Simone

verkroch sie unter die Bettdecke und begann zu weinen.
Sie spürte, wie Angstgefühle wieder schrittweise von ihr
Besitz einnahmen.

## *Toskana, September 1999*

Der Urlaub neigte sich dem Ende zu. Simone wollte noch
nicht an die Rückkehr denken. Was würde sie nicht alles darum geben, noch etwas länger bleiben zu können.
Der Aufenthalt in Italien hatte ihr sehr gut getan. Kör-
perlich war sie wieder zu Kräften gekommen und hatte
sogar etwas zugenommen. Die köstliche italienische Küche hatte ihren verlorenen Appetit angeregt. Es war eine
Wohltat, wieder Schlemmen zu können. Und die paar
Kilos mehr um die Hüften standen ihr ausgezeichnet.
Dank der milden Septembersonne, hatte sie auch wieder
etwas Farbe im Gesicht bekommen. Auch das Lachen war
wieder zurückgekehrt. Dank Kurt. Er brachte es immer
wieder zu Stande, sie zu überraschen. Er überhäufte sie
mit Geschenken und Komplimenten und zeigte ihr all die
Schönheiten im Chianti Gebiet. Hand in Hand schlenderten sie durch romantische Weingärten und kosteten
in alten Weinkellern verschiedene Weine. Sie lebten im
Hier und Jetzt. Kurt gab es auf, viele Fragen zu stellen.
Er sah, dass Simone sich wohl fühlte und mit jedem Tag
mehr lachte.

Simones Mutter war schockiert, als Simone ihr am Telefon erzählte, dass sie einen neuen Mann kennengelernt
und mit ihm den restlichen Urlaub verbracht habe. Die

Mutter wollte wissen, wie lange sie sich denn schon kannten. Und als ihr Simone sagte, erst seit kurzem, schwieg die Mutter. Simone spürte gleich durch das Telefon, was das Schweigen zu bedeuten hatte. »Mach dir keine Sorgen Mami, ich bin auf dem richtigen Weg. Kurt tut mir gut und er hilft mir zu vergessen.« »Bitte sei vorsichtig und überstürze nichts. Deine Wunden sind noch nicht verheilt. Ich will dir nicht die Freude vermiesen, im Gegenteil mein Schatz. Ich habe einfach nur Angst und ich möchte nicht, dass du zu schnell in eine Sache hinein schlitterst, die du dann bereuen könntest. Dein Gemütszustand ist immer noch nicht stabil. Vielleicht bist du für Kurt nur ein Ferienflirt. Hast du ihm erzählt, was geschehen ist? Simone du solltest mit offenen Karten spielen. Das bist du dir schuldig!« Simone schnürte es die Kehle zu. Wie konnte sie nur so naiv sein und von Kurt erzählen. Sie hätte es sich denken können, dass ihre Mutter kein Verständnis aufbringen würde. Wie auch! Es war noch nicht lange her, da war Simone am Boden zerstört. Und jetzt endlich, als sie den Mut aufgebracht hatte, nach Florenz zu reisen, um einen Kochkurs zu besuchen, neue Menschen kennenzulernen und zu versuchen, die schrecklichen Erinnerungen nicht mehr an die Oberfläche kommen zu lassen, da musste ausgerechnet ihre Mutter die Hoffnungen zu Nichte machen. »Simone bist du noch da?«, fragte die Mutter besorgt. «Es tut mir leid, was ich soeben gesagt habe. Es war nicht gerade aufbauend. Aber ich habe das Gefühl, dass du für eine neue Beziehung noch nicht bereit bist. Bitte lass dir Zeit. Vielleicht stellst du uns deine neue Bekanntschaft zuerst vor und dann sehen wir weiter.« Simone schluckte schwer und sagte mit zittriger Stimme: » Ach Mami, ich habe hier in Italien nur im Jetzt gelebt. All die schrecklichen Bilder waren weg! Und es gibt Momente, in denen ich wieder glücklich sein kann. Ich glaube, dass Kurt mir helfen kann. Er hat das wunderschöne Ferienhaus, in das ich mich sofort verliebt habe, für mich gekauft. Ich hoffe so fest auf einen Neuanfang. Kurt bringt mich zum Lachen. Er ist aufmerksam, liebevoll und ehrgeizig. Er kann mir ein sicheres Leben bieten. Ich will nicht mehr alleine sein. Bitte verstehe mich nicht falsch. Ich weiß, dass ihr für mich immer da sein werdet. Aber ich muss versuchen, mein eigenes Leben zu leben und mit meiner Schuld zurecht zu kommen. Kurt ist stark und er wird das aushalten. Was damals geschehen ist, kann ich nicht mehr rückgängig machen. Aber jetzt bietet sich mir eine Gelegenheit und ich werde diese Chance packen! «Simone holte tief Luft und sagte, bevor sie den Hörer auflegte: »Wir werden übrigens in sechs Wochen heiraten!«

Kurt war nicht entgangen, dass Simone auch bei sonnigem Wetter stets langärmlige Blusen oder Seidenpullovers trug. Er wunderte sich darüber. Wagte es jedoch noch nicht, sie darauf anzusprechen. Sie weigerte sich auch für einen Badeausflug ans Meer zu fahren. Sie wollte am liebsten die Zeit im Garten oder mit Spaziergängen zwischen den Weinreben und Olivenhainen verbringen. Am Abend genoss sie es, für Kurt zu kochen. Die Küche war ihr Revier und er ließ sie schalten und walten. Er hoffte, dass Simone nach mehreren Gläsern Rotwein etwas redseliger werden würde, denn er wusste kaum etwas aus ihrer Vergangenheit. Sie mied es geschickt, über sich zu erzählen, wollte aber alles über ihn in Erfahrung bringen. Das Wenige was er von ihr wusste, war, dass sie in der Nähe von Luzern aufgewachsen war. Ihre Eltern führten ein kleines Musikgeschäft und die Liebe zur klassischen Musik hatten sie ihr auf den Weg mitgegeben. Ihr Vater übte den Beruf als Instrumentenbauer aus. Er war durch und durch ein Perfektionist. Wochenlang wurde an einem Instrument gesägt, gefeilt und geschmirgelt und alles für den perfekten Ton. So war es kein Zufall, dass Simone die Musikschule besuchte und danach als Musiklehrerin Klavierunterricht gab. Aber weshalb sie dann vor einigen Jahren den Beruf aufgeben musste, das verschwieg sie ihm. Des Weiteren erfuhr er, dass Simone eine Schwester hatte, die mit Musik gar nichts am Hut hatte. Mit diesen wenigen Informationen gab er sich vorerst zufrieden. Er würde noch genügend Zeit haben, Simones Vergangenheit zu ergründen. Als sie gemeinsam an einem lauen Abend im Garten bei klassischer Musik einen hervorragenden *Chianti Classico* tranken, fasste er sie bei den Händen. Im ersten Moment zuckte sie leicht zusammen. Er schaute ihr tief in die Augen. Zärtlich streichelte er ihre Finger. Behutsam führte er eine Hand an seine Lippen und küsste die Innenseite. Ruckartig entriss sie ihm die Hand und blickte ihn erschrocken an. »Ich wollte dir nicht zu nahe treten. Entschuldige bitte.« Simone kämpfte mit den Tränen. Sie war hin und her gerissen. Sie nahm ihren ganzen Mut zusammen und krempelte die enganliegenden Ärmel der Bluse hoch. Sie zeigte ihm wortlos die Narben rund um die Pulsadern. Kurt blickte erstaunt zu Simone. Ihr flehender Blick sprach Bände. Er stand auf, zog sie sanft vom Sessel hoch und schloss sie in seine Arme. Liebevoll flüsterte er ihr ins Ohr: »Du kannst mir alles erzählen Simone. Du weisst, dass ich dich liebe.« Er suchte ihre Lippen und Simone ließ es zu, dass sie sich das erste Mal küssten. Sie schloss die Augen und versuchte, ihren Gefühlen freien Lauf zu lassen. Sie schlang ihre Arme um Kurt. Wie eine Ertrinkende klammerte sie sich an ihn. Er umschloss sie mit festem und bestimmtem Griff. Sie hörte sein Herz pochen. Seine Leidenschaft entfachte in ihr ein heftiges Verlangen nach Liebe. Sie wollte sich ihm hingeben und zeigen, dass sie von nun an ihm gehören würde. Sie löste sich aus Kurts Umarmung, nahm zärtlich seine Hand und führte ihn in ihr Schlafzimmer.

## *Im November 1999*

Auf Simones Wunsch fand die Hochzeit in kleinem und schlichtem Rahmen statt. Sie heirateten in Zürich auf dem Standesamt im historischen Stadthaus. Simone wunderte sich, dass Kurt so rasch einen Termin bekommen konnte. Normalerweise musste man lange im Voraus einen Hochzeitstermin reservieren. Doch einmal mehr konnte Kurt wieder seine Beziehungen walten lassen. Kurt hätte sich eine pompöse Trauung gewünscht. Er wollte aller Welt zeigen, was für eine hübsche Frau er heiraten würde. Simone hingegen weigerte sich. Für sie kam nur eine Hochzeit im engsten Familienkreis in

Frage. Sie hatte ja sowieso fast keine Freunde mehr, weil sie seit dem tragischen Unfall ein sehr zurückgezogenes Leben führte. Dazu kam, dass Simone einigen Freunden nicht mehr in die Augen schauen konnte, obwohl man ihr längst verziehen hatte. Alle wussten, dass es ein Unfall gewesen war und sie keine Schuld trug. Was blieb Kurt anderes übrig. Er wollte Simone unbedingt heiraten und so willigte er ein. Sein Bruder war extra aus Amerika angereist. Er wollte um keinen Preis die Hochzeit seines einzigen Bruders verpassen und er war sehr neugierig auf seine zukünftige Schwägerin. Er kannte seinen Bruder eher als zurückhaltend und einen, der kaum Gefühle zeigen wollte. Doch am Telefon hörte er aus Kurts Stimme Freude und Begeisterung heraus. Das machte ihn stutzig. Und als Kurt ihn auch noch fragte, ob er sein Trauzeuge werden wolle, buchte er auf der Stelle einen Flug nach Zürich. Kurts Eltern lebten nicht mehr. Als er geboren wurde, waren sie bereits Mitte vierzig. Er war ein Nachzügler und hatte nur noch seinen Bruder Tim, den er einmal im Jahr an Weihnachten oder Silvester sah. Kurt und Tim stammten aus einer alteingesessenen und wohlhabenden Familie aus Zürich. Dank des Erbes seines Vaters musste sich Kurt um seine Zukunft keine Sorgen machen. Er war finanziell bestens abgesichert. Wenn er gewollt hätte, müsste er nicht arbeiten. Doch Kurt war ehrgeizig und wollte seinem tüchtigen Vater nacheifern. Sein Ziel war es die Firma, in der er arbeitete, eines Tages zu übernehmen. Sein Bruder Tim hingegen kaufte sich mit dem Erbe eine große Ranch in Amerika und züchtete Rinder. Unterschiedlicher konnten die beiden Brüder nicht sein.

Simones Schwester hingegen war gar nicht begeistert, Trauzeugin zu werden. Sie verstand es nicht, dass Simone in ihrem labilen Zustand heiraten wollte. Schon gar nicht diesen Schnösel. Sie war der Meinung, dass ihre Schwester den Schicksalsschlag noch lange nicht verdaut hatte und jetzt nur auf einer kurzen Glückswelle ritt. Nur auf gutes Anraten ihrer Mutter, ging sie auf Simones Wunsch ein. Simones Eltern nahmen die Nachricht von der Hochzeit mit gemischten Gefühlen auf. Der Vater konnte absolut nichts mit Kurt anfangen. Kurt interessierte sich nicht sonderlich für klassische Musik. Er gab sich alle Mühe, ein konstruktives Gespräch mit seinem zukünftigen Schwiegervater zu führen. Er hatte sich sogar die Biografie von Amadeus Mozart zu Herzen genommen. Doch der Vater durchschaute ihn. Zu präzise und ohne Leidenschaft schmetterte Kurt alle Eckdaten von Mozarts wichtigsten Lebensstationen herunter, als hätte er für eine Prüfung gelernt. Die Mutter hingegen versuchte, einen Zugang zu ihrem zukünftigen Schwiegersohn zu finden. Sie sah einerseits, dass ihre Tochter wieder lachen konnte, anderseits erkannte sie, dass Kurt Simone liebte. Er himmelte sie an. Ob das für Simone gut war, wusste die Mutter allerdings nicht. Sie hoffte, dass Kurt mit seinen starken Gefühlen sowie dominanten Persönlichkeit Simone nicht erdrücken würde. Aber Simone wollte wieder selbst ihr Leben in die Hand nehmen. Sie hatte ihre Eltern ausdrücklich gebeten, Kurt zu akzeptieren. Das sei ihr größter Wunsch. Und diesen Wunsch wollte die Mutter respektieren. Der Vater haderte jedoch noch. Schlussendlich musste aber auch er einsehen, dass er seine Tochter nicht mehr beschützen konnte. Sie war erwachsen und hatte nun einen anderen Mann an ihrer Seite. Vielleicht machten sich die Eltern ja umsonst Sorgen, und die Ehe mit Kurt würde Simone gut tun und ihr einen neuen Lebenssinn geben. Das wünschten sich die Eltern von ganzem Herzen. Deshalb gaben sie sich auf der Hochzeit alle Mühe, Kurt freundlich gegenüber zu treten.

*** 

Das waren eindeutig die deprimierendsten Feiertage, die er je erlebt hatte. Gezwungenermaßen musste er über die Weihnachts- und Neujahrstage zu Hause bleiben, weil er zu Zwangsferien verdonnert wurde. Er hatte wie ein Verrückter gearbeitet. Als sein Chef die vielen geleisteten Überstunden sah, schickte er ihn besorgt und zugleich verärgert nach Hause. Weil er so viel geschuftet hatte, schob seine Arbeitskollegin eine ruhige Kugel. Das missbilligte der Chef. Wie jedes Jahr verbrachte er widerwillig Heilig Abend bei seiner Mutter im Altenheim. Er verabscheute diese Besuche, da er den Anblick von alten und hilflosen Menschen nicht ertragen konnte. Das Schlimmste für ihn war, dass er den körperlichen Verfall seiner Mutter miterleben musste. Sie war einst eine schöne und vitale Frau gewesen. Dieses Bild trug er vor seinen Augen. Nicht das von einer alternden zittrigen Frau, deren Haut sich langsam gelblich verfärbte und die wegen Blasenschwäche Windeln tragen musste. Wenn seine Mutter gute Tage hatte, erkannte sie ihn und freute sich über seinen Besuch. An schlechten Tagen aber, die immer öfter vorkamen, erkannte sie ihren Sohn nicht mehr. Sie verwechselte ihn mit einem ehemaligen Nachbarn und nannte ihn Herr Müller. Ihre Stimme veränderte sich und sie sprach in hohem singenden Ton. Ihm war das peinlich und er schämte sich für sie. Er wollte sie wieder so haben, wie sie früher gewesen war! Schön, gebildet und auf ihn fokussiert. Obwohl er und seine Mutter damals ein sehr bescheidenes Leben führten, war er glücklich. Sie gab ihm die gewünschte Nestwärme, die er brauchte. Er wusste nicht, wer sein Vater war. Seine Mutter sprach nie darüber und als er herausfinden wollte, wurde sie fuchsteufelswild. Er hatte sie noch nie derart aufbrausend erlebt. Sie schrie ihn an, dass es für ihn besser sei, nicht zu wissen wer sein Vater sei. Denn er war ein Taugenichts und ein Schläger. Nach dem Wutausbruch seiner Mutter unterließ er jegliche Nachforschungen nach seinem Erzeuger. Die Mutter bekam ein schlechtes Gewissen und verwöhnte ihren Sohn nach Strich und Faden. Es entstand ein starkes Band zwischen ihnen. Für sie war es selbstverständlich, dass ihr geliebter Sohn so lange bei ihr wohnen konnte, wie er wollte. Als dann vor drei Jahren die Mutter nach einem Schlaganfall ins Alten- und Pflegeheim gebracht werden musste, brach für ihn eine Welt zusammen. Er litt unter der Trennung. Er fühlte sich einsam und verlassen. Seine Mutter hatte ihn stets ohne Wenn und Aber, so wie er war, akzeptiert. Er spürte bereits als Kind, dass er anders war. Er spielte am liebsten alleine oder mit seiner Mutter. Mit den anderen Kindern konnte er nicht viel anfangen. Sie langweilten ihn. Zu seinem sechsten Geburtstag schenkte die Mutter ihm eine

Katze. Er war begeistert von deren eigenwilligen Charakter. Er verbrachte sehr viel Zeit mit Mietze und studierte sie eingehend. Dabei entstand eine neue Leidenschaft – nämlich, Tiere zu beobachten. Jeden Sonntagnachmittag besuchte er mit seiner Mutter den Zoo. Was er heute noch tat. Ein weiteres Hobby, das er im Teenageralter entdeckt hatte, war die Freude an klassischer Musik. An einem Nachmittag als er Mietze suchte, die sich hinter dem Bücherregal versteckt hatte, fiel ihm eine alte Schallplattensammlung seiner Mutter auf. Er wusste gar nicht, dass sie eine besaß. Neugierig stöberte er in der Plattensammlung. Überrascht, dass die meisten Musikstücke von einem sogenannten *Richard Wagner* stammten, legte er neugierig eine Schallplatte auf den alten Plattenspieler. Die schwere dramatische Musik nahm ihn sofort gefangen. Ein unbeschreibliches Glücksgefühl durchströmte seinen Körper. Er fühlte sich in einer anderen Welt. Die Musik führte ihn gedanklich an einen schönen stillen Ort. Losgelöst schwebte er durch einen leuchtenden Himmel, in dem ihn zauberhafte Feen anlächelten und seine verletzte Seele streichelten. Er konnte sich stundenlang in sein Zimmer verziehen und flüchtete bei Wagners Musik in eine andere Welt. Es fiel ihm jedes Mal schwerer, wieder in die Realität zurückzukommen. Der Mutter war seine Veränderung aufgefallen. Er war oftmals abwesend und hörte ihr gar nicht mehr richtig zu und sie musste ihre ganze Aufmerksamkeit und Zuneigung auf ihn richten, bis er wieder anwesend war. Sie schrieb sein eigenartiges Verhalten der Pubertät zu. Dass er als Baby halb totgeschlagen worden war, verdrängte sie meisterhaft. Doch seit die Mutter ins

Altenheim musste, war das starke Band zwischen ihnen gerissen. Er musste alleine zurechtkommen. Das Alleinsein war für ihn kein Problem, aber ihm fehlte die unvoreingenommene Liebe, die ihm seine Mutter jeden Tag aufs Neue geschenkt hatte. Er sehnte sich nach Zärtlichkeit. Die Besuche im Bordell befriedigten ihn nicht. Im Gegenteil, sie machten ihn nur noch trauriger. Er wollte ehrliche Zuneigung. Wenn er sich besonders einsam und deprimiert fühlte, dann malte er sich aus, wie er die Frau am Klavier kennenlernen könnte. Sie ging ihm nicht mehr aus dem Kopf. Er sehnte sich nach ihr und konnte es kaum erwarten, wenn der Frühling Einzug halten würde. Dann bestand die Hoffnung, dass er sie wieder durch das geöffnete Fenster hören oder auf der Terrasse sehen würde. Sie war für ihn, wie eine Fee aus seinen Träumen. Er wollte sie unbedingt wiedersehen! Er musste sich etwas einfallen lassen. Aber was nur? Er dachte nach. Das Wenige, was er von ihr wusste war, dass sie Klavier spielte. Das war nicht viel und brachte ihn auch nicht viel weiter. Und wenn er einfach bei ihr klingeln und sie auf ihr betörendes Klavierspiel ansprechen würde? Er verwarf den Gedanken gleich wieder. Dazu war er nicht im Stande. Er würde keinen Ton herausbringen. Er musste geduldig abwarten und sie auf der Straße abfangen. Was würde er ihr dann sagen? Hätte er auf der Straße mehr Mut, sie anzusprechen? Er müsste ihr folgen und eine ideale Gelegenheit abwarten. Verdammt, das sollte doch nicht so schwer sein! Um seine Unruhe in den Griff zu bekommen, entschied er, einen Besuch im Zoo abzustatten. Bei den Tierbeobachtungen wurde er ganz ruhig und konnte klar denken. Er zog den Wintermantel an und verließ die Wohnung. Draußen fegte ein eisiger Wind. Zum Glück war die Bushaltestelle gleich um die Ecke. An diesem kalten Sonntag waren nicht viele Leute unterwegs. Nur wenige wagten sich bei der Januarkälte nach draußen. Die meisten verbrachten den Sonntagnachmittag in der warmen Stube bei ihren Familien bei Kaffee und Kuchen. Als er bei der Haltstelle *Zoo* ausstieg, musste er nur noch ein paar Schritte bis zum Eingang gehen. Das Gebiet rund um den Zoo war ein beliebtes Ausflugsziel für Spaziergänger und Sportler. Dem Zoo gegenüber befand sich eine Sportanlage mit Tennisplätzen und in der Nähe der Bushaltestelle lag der Friedhof *Fluntern*, der zahlreiche Menschen aus dem In- und Ausland anzog. Viele von ihnen suchten die Grabstätte des Schriftstellers *James Joyce* auf, der hier bestattet lag. In seiner unmittelbaren Nähe lag das schlichte Grab des Nobelpreisträgers *Elias Canetti*. Der Friedhof war auch für seine idyllische und mystische Stimmung bekannt. Frei stehende Skulpturen bereicherten den sehr gepflegten Friedhof; viele Familiengräber waren mit individuellem Grabschmuck, wie Engel, Herzen und Laternen verziert. Ein stiller Ort, an dem mancher Besucher wieder zu sich finden konnte. Deshalb entschied er kurzerhand einen Abstecher zum Friedhof zu machen. Der Zoobesuch konnte noch warten. Er mochte es, die Grabsteine zu lesen und sich vorzustellen, wer wohl der oder die Verstorbene gewesen war und was für ein Leben er oder sie geführt hatte. An diesem eisigen Sonntag waren nur wenige Besucher da. Er erkannte sie sofort! Sein Atem stockte. Sie stand bewegungslos mit geschlossenen Augen vor einem Grab. Ihre ganze Körperhaltung drückte eine endlose Traurigkeit aus. Ruckartig blieb er stehen und beobachtete sie mit angehaltenem Atem. Sein Herz raste vor Nervosität. Was sollte er nun tun? Er durfte sie nicht stören. Es war offensichtlich, dass sie in tiefer Trauer war. Noch vor einer Stunde hatte er sich sehnlichst ihre Anwesenheit gewünscht und nun stand sie direkt vor ihm. Er trat zur Seite und suchte eine Hecke, wo er sie ungestört beobachten konnte. Sie trug einen langen grauen Wollmantel, einen weißen dicken Schal sowie eine dazu passende Mütze und schwarze Stiefel. Wie elegant sie aussah. Die Hände waren zum Gebet gefaltet. Sie sprach leise. Wie gerne hätte er ihren Worten gelauscht. Er prägte sich auch die kleinste Bewegung ein. Ein Maler hätte gleich zum Pinsel gegriffen und diese unwirkliche Szene in einem Bild festgehalten. Er wusste nicht, wie lange sie dort stand. Es war ihm auch egal. Er hätte stundenlang in dieser Kälte ausgeharrt, nur um sie zu sehen. Langsam öffnete sie die Augen. Sie bückte sich und zündete das Totenlicht an. Zärtlich berührte sie den Grabstein. Dann verließ sie mit raschen Schritten und gesenktem Kopf den Friedhof. Er überlegte fieberhaft, ob er ihr folgen oder nachschauen sollte, wer der oder die Verstorbene war. Er entschied sich, zum Grab zu gehen. Er hätte ihr hinterher rennen müssen, doch das wäre bestimmt aufgefallen. Vielleicht könnte er einen weiteren Hinweis bekommen, wenn er die Grabstelle etwas inspizierte. Er wartete noch einen Moment, um ganz sicher zu sein, dass sie den Friedhof verlassen hatte. Mit raschen Schritten ging er zur Grabstelle und las:

*Hier ruht in Frieden Marco Stehli*
*geboren am 15.2.1964 – verstorben am 21.7.1995*
*Wenn du gehst, dann geht nur ein Teil von dir, und der an-*
*dere bleibt bei mir*

Nachdenklich verließ er den Friedhof. Wer war der früh verstorbene Marco Stehli und in welcher Verbindung stand sie zu ihm?

# Im November 1999

Nach der Hochzeit ging für Simone vieles zu schnell. Kurt war in seinem Element. Er traf alle Entscheidungen alleine, ohne sie einzubeziehen, weil er sie beschützen wollte, da sie in einem fragilen Zustand zu sein schien. Und seit er ihre Pulsadern gesehen hatte, wusste er, dass er Simone nicht überfordern durfte. Und außerdem war er der Meinung, dass sie sich nicht um alltäglichen Kram kümmern sollte. Als Kurt Simone im neuen Haus, in dem sie künftig wohnen würden, herum führte, wurde sie das erste Mal auf Kurt wütend. »Wieso hast du mir das Haus nicht schon vorher gezeigt. Du kannst doch nicht alleine über unseren gemeinsamen Wohnsitz entscheiden!« Kurt war über Simones Wutausbruch erstaunt und zugleich auch enttäuscht. Er wollte sie mit dem neuen Haus überraschen. Kurt hatte dank florierender Geschäfte diese sensationelle Liegenschaft in bester Lage in Zürich, nämlich am Zürichberg, gefunden. Er schluckte seinen Ärger hinunter. Er führte Simone in das große helle Wohnzimmer, wo mitten im Raum ein Klavier stand. Er hoffte, sie damit zu besänftigen. »Schatz, bitte beruhige dich. Schau, was ich für dich habe.« Er strahlte wie ein kleiner Junge über das ganze Gesicht und wartete auf ein Lob. Simone hingegen ließ sich nicht so schnell herumkriegen. Argwöhnisch betrachtete sie das kühle Wohnzimmer, obwohl der Raum von Sonnenlicht durchflutet war. Die Betonsichtwände erschienen Simone wie Eisberge in der Wüste. Dem Klavier schenkte sie keine Beachtung. Wie sollte sie hier leben? Das Haus wirkte kalt und seelenlos. Kein Vergleich zu dem Haus in der Toskana. Wie konnte Kurt eine so wichtige Entscheidung alleine treffen? Er wusste doch, dass sie moderne Architektur und Beton hasste. »Die Möbel hast du bestimmt auch schon ausgesucht?«, fragte Simone gehässig. »Ja, sie werden morgen geliefert.« Simone schüttelte den Kopf. Sie war sprachlos. Was war nur in ihn gefahren? »Hey, sei keine Spielverderberin. Manche Frau würde sich über die luxuriöse Behausung freuen.« »Ich aber nicht! Ich mag es lieber dezent. Das solltest du doch wissen.« Kurt holte tief Luft. »Ich reiße mir hier den Arsch auf und du kannst nur motzen! Das ist ja ein genialer Start!« Kurt ging auf die Terrasse, um seinem Ärger Luft zu verschaffen. Simone stand unbeholfen im Wohnzimmer. Sie blickte zu Kurt, der ihr den Rücken kehrte. Sie ging langsam auf ihn zu und flüsterte: »Es tut mir leid. Ich wollte dir die Freude nicht verderben. Ich werde hier schon zurechtkommen. Und danke, dass du ans Klavier gedacht hast.« Zaghaft schob sie ihre Hand in seine. Kurt war immer noch wütend und zog seine Hand zurück. »Zurechtkommen, das ist alles was dir dazu einfällt?« Simone stützte sich auf das Terrassengeländer und blickte Richtung Zürichsee. Die Aussicht war wirklich grandios. Sie raffte sich auf und sagte stattdessen: »Komm, lass uns irgendwo einen guten italienischen Rotwein trinken und auf unser neues Heim anstoßen. Wir wollen doch nicht unseren ersten Ehestreit hier abhalten. Das soll Unglück bringen.« Kurt ließ sich schließlich erweichen und küsste Simone sanft auf den Mund.

Am nächsten Tag, nach Ankunft des Möbeltransporters, war das Haus innerhalb von fünf Stunden komplett eingerichtet. Simone saß am Klavier und beobachtete stumm das Geschehen. Kurt kommandierte die Möbelpacker herum und zeigte ihnen, wo was hinkam. Manchmal frage er Simone nach ihrer Meinung, wo ein Bild aufgehängt oder eine Vase, das Sofa oder das Ehebett hingestellt werden sollte. Ihr Kopf drehte sich. All diese fremden Gegenstände sollten nun ihr neues Haus schmücken? Alles sah sehr edel und teuer aus. Es waren durchaus auch geschmackvolle Stücke dabei, doch die meisten Möbel entsprachen überhaupt nicht Simones Vorstellungen. Sie ließ Kurt machen. Was sollte sie dagegen tun? Sie war schlicht überfordert. Kurt blickte sie manchmal enttäuscht an. Er hatte bestimmt mehr Begeisterung von ihr erwartet. Aber sie wollte ihm nichts vormachen. Wieso legte er so viel Wert auf Prestige? Das war für Simone eine neue unbekannte Seite an Kurt. In der Toskana gab er sich ganz anders. Oder hatte sie nicht richtig hingeschaut? Gut, sie kannten sich noch nicht lange. Aber ihr Gefühl sagte ihr, dass es mit Kurt klappen könnte. Hatte sie sich getäuscht? Die ersten Zweifel stiegen in ihr hoch und das schon kurz nach der Hochzeit! Sie musste etwas unternehmen. Sie stand auf und fragte mit lauter Stimme: »Will jemand Kaffee?« Sie ging zu Kurt und gab ihm einen Kuss. Die Küche war bereits ausgestattet. Es war an der Zeit, heraus zu finden, wie die Kaffeemaschine funktionierte. Die Möbelpacker nahmen dankbar das Kaffeeangebot an.

Simone brauchte eine Zeit lang, bis sie sich einigermaßen im neuen Haus wohl fühlte. Sie konnte es immer noch nicht nachvollziehen, dass Kurt sie bei der Haussuche nicht miteinbezogen hatte. Er warf ihr vor, dass sie keinerlei Interesse gezeigt hätte, sich daran zu beteiligen. Vielleicht hatte er ja Recht. Ihr fiel selber auf, dass sie sich seit sie wieder aus Italien zurückgekehrt waren, vermehrt in ihre Gedankenwelt zurückzog. Und dass ausgerechnet das Grab ihrer einstigen großen Liebe in der Nähe ihres neuen Wohnortes lag, bereitete Simone großes Kopfzerbrechen. Sie hatte es bis zum heutigen Tag immer noch nicht über das Herz gebracht, Kurt vom Unglück zu erzählen. Er hatte sie zweimal darauf angesprochen, aber dann dabei belassen, weil er sah, dass sie immer noch große Mühe hatte, darüber zu sprechen. Kurt wollte sie nicht bedrängen, und für seine Geduld war Simone ihm sehr dankbar. Er hatte sie geheiratet, obwohl er praktisch nichts von ihrer Vergangenheit wusste. Dass sie einen Selbstmordversuch hinter sich hatte, verrieten die aufgeschnittenen Pulsadern, aber weshalb sie sich das Leben nehmen wollte, dass wusste ihr Ehemann immer noch nicht. War es Zufall oder Schicksal, dass sie nun in der Nähe wohnte, wo Marco aufgewachsen war und seine Grabstätte lag? Einerseits war sie glücklich darüber, denn so konnte sie sein Grab viel öfter besuchen. Aber andererseits kamen all die Erinnerungen und die schrecklichen Bilder vom Unfall wieder in ihr hoch, bei dem Marco sein Leben ließ. Es war jetzt kein günstiger Zeitpunkt, Kurt vom tragischen Unglück zu erzählen. Das würde, so dachte Simone, ihre Ehe zu stark belasten. Sie hielt es für klüger, noch abzuwarten und Kurt später davon in Kenntnis zu setzen. Zuerst wollte sie sich im neuen Heim einleben und einen strukturierten Tagesablauf finden. Kurt hatte ihr vorgeschlagen, wieder als Klavierlehrerin zu arbeiten. Das Haus sei groß genug. Im Untergeschoss könne sie ein Musikzimmer einrichten und ungestört Schüler unterrichten. Doch Simone lehnte dankend ab. Sie gab Kurt zu verstehen, dass sie noch nicht in der Lage sei, wieder zu unterrichten, weil ihr auch die dafür nötige Praxis fehle. Kurt ließ jedoch nicht locker und schlug ihr vor, einer anderen Tätigkeit nachzugehen. Sie könne doch nicht den ganzen Tag im Haus herum sitzen und auf ihn warten. Er trieb sie in die Enge. Doch Simone wollte einfach so weiterleben, wie sie es bei ihren Eltern getan hatte. Plötzlich wurde ihr klar, dass Kurt Ansprüche an sie hatte. Er wollte auch, dass sie ihn gelegentlich zu Geschäftsessen begleitete. Oh, wie sie diese langweiligen Abende hasste. Dort wurde nur über Profit und Gewinnsteigerungen diskutiert. Und wenn sie dann mal angesprochen wurde, was sie beruflich mache, kam sie ins Stocken. Kurt erklärte den Geschäftskunden, dass sie Künstlerin sei. Es folgten somit keine weiteren

Fragen. Simone kam sich wie eine Vorzeigedame vor. Sie wusste, dass sie eine attraktive Frau war und Männerblicke anzog. Aber auf das Schaulaufen hatte sie keine Lust. Als sie eines Abends Kurt sagte, dass sie zu müde sei ihn zu begleiten, wurde er stinksauer. Er warf ihr vor, dass dies das Mindeste sei, was sie für ihn tun könne. Sie habe den ganzen Tag Zeit für sich. Selbst den Haushalt könne sie nicht anständig erledigen. Er erwarte von ihr, dass sie ihn wenigstens ab und zu bei den Arbeitsessen unterstützen würde. Sie profitiere schließlich auch davon. Und so gab Simone nach und begann ein Leben zu leben, das sie überhaupt nicht wollte. Je mehr Zeit verstrich, umso mehr erkannte sie, dass es ein Fehler gewesen war, Kurt zu heiraten. Die wenigen Momente, in denen sie glücklich waren, waren immer diejenigen, die sie gemeinsam in der Toskana verbrachten. Jedes Jahr fuhren sie für drei Wochen ins Ferienhaus. Dort waren sie zufrieden. Kurt war in Italien wie ausgewechselt. Er war viel lockerer und gelassener. Aber warum funktionierte ihre Ehe nicht zu Hause?

Kurt spürte die Veränderung seiner Frau, was ihn sehr traurig machte. Er liebte Simone und wollte sie glücklich machen. Doch sie sperrte sich gegen alles, was er ihr vorschlug. Irgendwann resignierte er. Wenn seine Frau den ganzen Tag zu Hause mit Nichtstun verbringen wollte, dann war das ihre Sache. Er hatte keine Lust mehr, sie zu motivieren. Wenigsten bereitete sie für ihn nach wie vor ein köstliches Abendessen vor. Während des Kochens konnte Simone ihre schweren Gedanken vergessen. Und während des Essens hörte sie Kurt aufmerksam zu, wie er von der Arbeit schwärmte. Das war sie ihm schuldig. Die Wochenenden verbrachten sie meistens zu Hause oder bei Simones Eltern. Sie hatten kaum Freunde. Kurt genoss es, Simone für sich zu haben. Und seit Marcos Tod, hatte Simone alle ihre alten Kontakte abgebrochen. Für neue Freundschaften fehlte ihr die nötige Energie. Der Alltag und Kurt strengten sie zu sehr an.

## Im November 2004

Als sie wieder einmal bei Simones Eltern zum Mittagessen waren, feierten sie bereits ihren fünften Hochzeitstag. Ja, die Jahre waren schnell an ihnen vorbei gegangen. Sie hatten sich mittlerweile arrangiert und jeder lebte sein Leben. Simone war zur Einsicht gekommen, dass sie mit Kurt ein angenehmes Leben führen konnte, da er ihr genügend Freiraum gab. Den ganzen Tag konnte sie machen, was sie wollte. Nur an den Abenden und Wochenenden verlangte er ihre Aufmerksamkeit. Er verwöhnte sie sogar weiterhin mit Geschenken und stellte nicht viele Fragen über ihre Vergangenheit. Sie versuchten, eine normale Ehe mit all ihren Hochs und Tiefs zu führen. An diesem Sonntag kam es bei Simones Eltern jedoch zum Eklat, der ihre instabile Ehe auf eine harte Probe stellte. Simones Schwester Andrea war auch anwesend, aber Simone war über ihr Erscheinen nicht sonderlich erfreut, weil sich Andrea und Kurt nicht gut verstanden. Simone gab ihr deutlich zu verstehen, dass sie keine spitze Bemerkungen über Kurt dulden würde. Andrea beruhigte ihre Schwester. Sie hob das Champagnerglas und sprach ein Prosit auf das Ehepaar aus: »Alles Gute zum fünften Hochzeitstag. Ich hätte nicht gedacht, dass ihr so lange zusammen bleiben würdet!« Simone warf ihrer Schwester einen vernichtenden Blick zu. Die Mutter versuchte die Unterhaltung in eine andere Richtung zu lenken und erwiderte gut gelaunt: »Wir freuen uns, dass ihr den Hochzeitstag mit uns feiert. Darauf stoßen wir an und wünschen euch viel Glück für die weiteren Ehejahre!« Kurt nahm einen Schluck Champagner und wollte eine kurze Dankesrede halten, doch Andrea fiel ihm ins Wort: »Du hast mich überrascht lieber Schwager. Ich habe nicht erwartet, dass du so gelassen mit Simones Vergangenheit umgehen könntest und dass du auch noch in der Nähe von Marcos Grab ein Haus erworben hast, alle Achtung!« Es herrschte einen Moment lang angespanntes Schweigen. Waren Andreas Worte ehrlich gemeint oder wollte sie einmal mehr Kurt provozieren? Das Schlimme war, dass sie Simone in eine brenzlige Situation brachte. Kurt stellte erstaunt sein Champagnerglas auf den Tisch und blickte Andrea fragend an. Simones Herz raste und aufgewühlt vor Empörung, fuhr sie ihre Schwester an: »Wie kannst du es wagen, an unserem Hochzeitstag Marco zu erwähnen!« Sie stand auf und rannte weinend aus dem Wohnzimmer. Andrea schaute ihrer Schwester verdutzt nach und fragte Kurt: »Sag jetzt nicht, dass du immer noch nicht weißt, was damals geschehen ist?« Kurt nickte nur. »Das darf doch nicht wahr sein!«, regte sich Andrea auf. »Was für eine Ehe führt ihr eigentlich?« »Jetzt ist aber genug Andrea! Das geht dich überhaupt nichts an!«, schimpfte die Mutter. Der Vater hatte inzwischen wortlos das Esszimmer verlassen und war Simone in den Garten gefolgt. »Was wolltest du damit bezwecken? Wieder einmal mehr deiner Schwester Schmerz zufügen?« »Jetzt komm mir nicht mit dieser alten Leier Mami! Ich konnte doch nicht ahnen, dass Simone immer noch nicht darüber gesprochen hat. Ich dachte in einer Ehe ist man ehrlich zueinander!« Kopfschüttelnd stand Andrea auf und sagte kurz angebunden: »Mir reicht's, ich hau ab. Simone wird eh kein Wort mehr mit mir reden.« Und zu Kurt gewandt: »Sorry, ich wollte euch den Hochzeitstag nicht verderben.« »Das ist dir aber reichlich gelungen!« Nachdenklich nahm Kurt einen weiteren Schluck Champagner. Er schmeckte trocken und bitter. »Kannst du mich bitte aufklären, was das eben sollte?« Der Mutter war die ganze Situation unangenehm. »Kurt du musst mit Simone sprechen. Ich kann dazu nichts sagen. Bitte verstehe mich.« Kurt stand auf. »Verdammt, sie redet nicht mit mir. Ich kann sie doch nicht dazu zwingen, mir endlich zu erzählen, was sie seit Langem belastet. Ich kann eins und eins zusammen zählen. Ich nehme an, Marco war ihre Jugendliebe. Irgendetwas Schreckliches muss damals geschehen sein, sonst hätte sich Simone die Pulsandern nicht aufgeschnitten. Und dass sie mir verschwiegen hat, dass Marcos Grab in unserer Nähe liegt, gibt mir wirklich zu denken!« Die Mutter blickte ihren Schwiegersohn besorgt an. Was sollte sie nur tun? Simone würde ihr niemals verzeihen, wenn sie Kurt von dem tragischen Unfall erzählen würde. »Kurt, hör mir zu. Ich denke das Beste ist, wenn du jetzt nach Hause gehst. Lass Simone hier bei uns.

Ich werde mit ihr sprechen. Komm morgen wieder und dann sehen wir weiter.« Kurt stand am Fenster und sagte lange kein Wort. Nach einer Weile drehte er sich um und erwiderte aufgewühlt: »Simone liebt diesen Marco immer noch! Ich bin doch nur ihr Seelentröster und Finanzier. Das habt ihr ja wunderbar eingefädelt!« »Bitte, denk nicht so etwas! Simone braucht dich! Das spüre ich als Mutter.« »Ach, lass gut sein. Ich bin ja selber schuld. Ich habe mir die ganze Zeit etwas vorgemacht. Ich dachte, wenn ich sie nicht bedrängen würde, könnte ich ihr Vertrauen und ihr Herz gewinnen. Da hab ich mich gewaltig getäuscht. Ich gehe jetzt nach Hause und ich kann dir nicht sagen, ob ich morgen bereit bin, mit deiner Tochter zu reden. Ich werde mich melden.« Ohne Gruß ging er aus dem Haus.

Simone beobachtete aus ihrem ehemaligen Kinderzimmer, wie Kurt wütend ins Auto stieg und aufbrausend davon fuhr. Vielleicht sollte sie ihrer Schwester dankbar sein. Andrea hatte ihren wunden Punkt getroffen. Wie sollte ihre Ehe harmonisch verlaufen, wenn sie nicht in der Lage war, Kurt endlich ihre wahren Gefühle für ihn offen zu legen und ihm zu erzählen, dass sie nicht mehr fähig sei, zu lieben. Sie hatte Angst vor diesem Moment. Sie wollte Kurt nicht verletzen. Aber das hatte sie schon längst getan! Sie hatte so gehofft, dass es zwischen ihnen klappen würde. Es gab doch auch viele gute Momente, in denen sie recht glücklich waren. Aber anscheinend genügte das nicht. Nicht für Kurt. Simone konnte es ihm nicht verübeln.

Kurt hatte sich ganze vier Wochen lang nicht gemeldet. Telefonanrufe nahm er weder von Simone noch von ihren

Eltern an. Entweder war er geschäftlich abwesend oder die Mailbox meldete sich. Kurz vor Weihnachten hielt es Simone nicht mehr aus. Sie packte ihre Sachen und wagte den ersten Schritt auf Kurt zuzugehen. Es war an der Zeit, ihm endlich über Marco zu erzählen. Vielleicht stimmten ihn ja die Weihnachtstage etwas milder. Simone ging am 23. Dezember nach Hause. Sie öffnete mit klopfendem Herzen die Haustür. Alles war ruhig. Kurt war noch nicht von der Arbeit zurückgekommen. Das Haus war ordentlich aufgeräumt und Adriana hatte den Kühlschrank mit Esswaren aufgefüllt. Das war ein gutes Zeichen. Das bedeutete, dass Kurt die Weihnachtstage zu Hause verbringen würde. Simone hatte schon befürchtet, dass er nach Amerika zu seinem Bruder Tim gereist war. Sie ging in ihr Zimmer und packte die wenigen Sachen aus, die ihre Mutter für sie bei Kurt geholt hatte. Das Bett war abgezogen. Das machte Simone traurig. Sie setzte sich mutlos auf die nackte Matratze. Der Bettüberzug sowie die Bettwäsche lagen achtlos in eine Ecke geworfen auf dem Boden. Kurt hatte wohl Adriana verboten, es wegzuräumen. War es die richtige Entscheidung gewesen, hierher zu kommen? Simone war ihrer Sache nicht mehr so sicher. Wie würde Kurt reagieren? Nun, sie würde es herausfinden. Sie ließ sich ein Bad ein, um ihre angespannten Nerven zu beruhigen und holte sich in der Küche ein Glas Rotwein. Nach dem dritten Schluck spürte sie, wie sie etwas ruhiger wurde, und sie sah mit neuer Zuversicht dem schwierigen Gespräch entgegen. Nach dem wohligen Bad zog sie eine Jeans und eine cremefarbene Seidenbluse an. Sie trug Lippenstift in einem dezenten rosaroten Ton und Rouge auf, um ihren blassen Teint aufzuheitern. Plötzlich hörte sie, wie die Haustür zugeschlagen wurde. Ihr Herz raste. Rasch strich sie ihr schulterlanges hellbraunes Haar glatt und ging barfuß ins Wohnzimmer hinunter, wo Kurt die geöffnete Weinflasche stutzig betrachtete. Er war so tief in Gedanken versunken, dass er Simone nicht kommen hörte. Sie blieb beim Treppenansatz stehen. Sie zögerte, doch dann fragte sie mit pochendem Herzen: »Willst du auch ein Glas Rotwein?« Kurt drehte sich überrascht um. Ein heftiger Stich fuhr durch sein Herz, als er Simone sah. Wie schön sie war! Am liebsten hätte er sie in seine Arme geschlossen und ihren zarten Hals geküsst. Doch er beherrschte sich und erwiderte stattdessen kühl: »Was willst du hier?« »Ich möchte mit dir reden.« Kurt sagte nichts. Simone wusste, dass er immer noch verletzt und wütend auf sie war und sie es nicht leicht haben würde, ihn milde zu stimmen. Simone entschied sich für ein weiteres Glas Rotwein. Sie ging auf den Tisch zu und blickte Kurt direkt in die Augen. Sein ganzer Körper war angespannt. Er beobachtete jeden ihrer Schritte. Simone schenkte sich und Kurt ein und überreichte ihm wortlos das Glas Rotwein. Dabei berührte sie sanft seine Hand. Er zuckte leicht zusammen. Simone registrierte seine eiserne Abwehrhaltung. Leise sagte sie: »Ich hatte viel Zeit zum Nachdenken und mir wurde klar, dass ich mich dir gegenüber unmöglich verhalten habe. Dafür möchte ich mich entschuldigen. Ich weiß, dass ich feige bin. Ich dachte, dass wir ohne Vergangenheit leben könnten. Und dass ich dir nicht gesagt habe, dass Marco ganz in der Nähe auf dem Friedhof begraben liegt, tut mir sehr leid. Ich dachte, wenn ich dir das sagen würde, müsste ich dir auch alles andere über mich und Marco erzählen. Davor hatte ich Angst.« Simone suchte in Kurts Augen Verständnis. Doch er verharrte immer noch in seiner starren Abwehr. Simone nahm einen weiteren Schluck Wein bevor sie fortfuhr: »Marco war meine große Liebe. Er ist hier in Zürich aufgewachsen. Ich habe ihn an einem Klavierkonzert in der Tonhalle kennengelernt. Ich war damals dreiundzwanzig Jahre alt. In der Pause ging ich zur Toilette. Doch wie immer bildete sich vor dem Damen-WC eine große Warteschlange. Damals war ich unerschrocken und ging frech bei den Herren aufs WC. Beim Verlassen der Herrentoilette prallte ich mit Marco zusammen, der im ersten Moment meinte, er hätte sich auf die Damentoilette verirrt. Das war ein lustiges Aufeinandertreffen. Wir waren uns auf Anhieb sympathisch. Wir gingen gut gelaunt zur Bar und verpassten vor lauter Reden den zweiten Teil des Konzertes. Schnell fanden wir heraus, dass wir viele Gemeinsamkeiten hatten. Auch er liebte klassische Musik und war ein leidenschaftlicher Geigenspieler. Und das Erstaunlichste war, dass er in derselben Tierschutzorganisation wie ich tätig war.« Kurt zog überrascht die Augenbrauen hoch, sagte jedoch nichts. »Ich war eine engagierte Tierschützerin, die sich gegen Tierversuche einsetzte. Marco ließ sich von meiner Vision, eine Welt ohne Tierversuche anstecken. Wir verbrachten viele Wochenenden damit, Plakate auszuhängen, Flyer zu verteilen und Unterschriften zu sammeln. Das schweißte uns zusammen und so wurden wir zu einem unzertrennlichen Paar. Wir reisten nach Ungarn,

Bulgarien und Rumänien, wo die Tierhaltung sehr miserabel war. Ein Tierleben hat dort keinen Wert, Hunde und Katzen sind am schlimmsten dran. Die Tiere wurden bestialisch getötet. Wir machten auch viel Aufklärungsarbeit, denn Marco war ein exzellenter Vermittler. Das war eine meiner schönsten Zeiten! Wir konnten viele Menschen umstimmen und ihnen aufzeigen, dass es auch anders geht. Dass Tiere eine Seele haben und wenn sie gut und respektvoll betreut werden, das schlussendlich auch den Bauern zu Gute kommt. Sie hörten uns aufmerksam zu. Wir hatten das Gefühl, dass wir ernst genommen wurden und mit unserer Überzeugung viel Gutes erwirken und bewegen konnten. Der nächste Schritt war, den Versuchslabors den Kampf anzusagen. Hier mussten wir mit härteren Bandagen auftreten. Wir wurden dreister und fanatischer. Wir sprühten auf die Mauern einiger Chemiefirmen: *Es geht auch ohne Tierversuche!* Uns war aber auch klar, dass unser Vorgehen gegen das Gesetz verstieß und der Tierschutzverein über unser Vorgehen nicht glücklich war. Aber nur so konnten wir Aufsehen erregen und uns in der Öffentlichkeit Gehör verschaffen. Die Zeitungen berichteten darüber und es fand eine große Diskussion an, die uns den Rücken stärkte. Ein bekanntes Kosmetikinstitut, mit dem wir ins Gespräch kommen wollten, verweigerte uns ein Treffen. Auf der Chefetage machten sie sich über uns und den Tierschutzverein lustig und drohten sogar, uns zu verklagen. Aber wir ließen uns das nicht gefallen. An einem Sonntagnachmittag, ich war sehr wütend auf das Institut, drängte ich Marco, Spruchbanner bei der hiesigen Firma aufzuhängen. Das riesige Gelände war umzäunt. Ich schlug Marco vor, das Banner am hohen Zaun zu befestigen. Er fand die ganze Aktion zu riskant und wollte die Sache abblasen, denn er wusste, dass das Unternehmen mit Tierschützern nicht zimperlich umgehen würde und dass Wachleute das ganze Areal bewachten. Doch ich ließ nicht locker und fand Marcos Befürchtungen übertrieben. Nach langem Zureden ließ er sich endlich umstimmen und wir warteten den richtigen Moment ab, bis einer der Wachleute, der den Haupteingang bewachte, ins Hauptgebäude verschwand. Wir vermuteten, dass er eine kurze Mittagspause hatte. Ich gab Marco ein Zeichen, den Zaun hochzuklettern und das Banner zu befestigen. In der Zwischenzeit hielt ich Ausschau nach den anderen Wachleuten, die hinter dem Gebäude standen. Alles war ruhig. Marco hatte es gleich geschafft, er musste nur noch die Seile des Banners um den Zaun festbinden. Plötzlich kam ein Wachmann angerannt, den ich nicht gesehen hatte. Ich rief zu Marco, er solle sich beeilen und rasch vom Zaun herunterkommen. Marco musste sich bei dieser plötzlichen Aufruhr erschrocken haben, denn er blieb, als er sich dort oben zu mir umdrehte, mit der Schlaufe seiner Umhängetasche am Zaun hängen. Er kletterte etwas höher und versuchte sich, los zu machen. Doch die Schlaufe hatte sich verheddert. Er zog fester an ihr und verlor dabei das Gleichgewicht. Sein Oberkörper knallte vornüber in den spitzen Zaunabschluss.« Simone schloss die Augen und rieb sich mit zitternden Händen die Stirn. »Marco hing aufgespießt am Zaun und verblutete qualvoll. Der Wachmann hatte sofort den Rettungsdienst alarmiert und versuchte noch Marco zu befreien. Aber das war ein Ding der Unmöglichkeit. Ich war außer mir und schrie vor Panik. Ein Passant versuchte mich zu beruhigen. Die Zaunspitze hatte Marcos Herz durchbohrt. Jede Hilfe kam zu spät, der Notarzt konnte für ihn nichts mehr tun. Und das alles war meine Schuld! Durch mein unüberlegtes und fanatisches Handeln, musste Marco sterben. Ich kann mir das bis heute nicht verzeihen.« Kurt stand wie vom Blitz getroffen und völlig benommen neben seiner Frau. Er sagte lange nichts. »Deshalb wolltest du dir das Leben nehmen?«, fragte er nach langem Schweigen. Simone nickte nur. »Und deshalb nimmst du auch die Schlaftabletten, weil du seit dem grässlichen Unfall nicht mehr schlafen kannst?« Simone nickte wieder und erwiderte: »Albträume plagen mich. Ich werde das Bild, wie Marco aufgespießt am Zaun hängt nicht mehr los. Ich folgte auch dem Rat meiner Eltern und ging in die Psychotherapie. Aber die Behandlungen haben nicht viel bewirkt. Und als mich die Gewissensbisse immer häufiger plagten und ich vor Verzweiflung nicht mehr wusste, wie ich mit meiner Schuld leben soll, beschloss ich, mir das Leben zu nehmen. Ich sah keinen anderen Weg mehr. Im Badezimmer meiner Eltern schnitt ich mir die Pulsadern auf.« Kurt schenkte sich Rotwein ein und leerte in einem Zug das Glas, um seine trockene Kehle zu befeuchten. Fragend blickte er Simone an. »Wie durch ein Wunder hat mich mein Vater gefunden. An diesem Abend kam er ausnahmsweise früher nach Hause. Er alarmierte sofort den Notarzt. Ich wurde ins Krankenhaus gebracht. Sie retteten mich in letzter Sekunde.« Kurt gingen viele Gedanken durch den Kopf. *Macht Liebe wirklich blind,* fragte er sich? *Auf was habe ich mich nur eingelassen? Und vor allem, was wird noch alles auf mich zukommen?* Simone ließ sich erschöpft auf den Stuhl fallen. Endlich war alles gesagt. Nun lag es an Kurt, wie er mit der ganzen Situation umgehen würde. Kurt sah Simone nachdenklich an. Schlagartig wurde ihm klar, dass Simone ihn nicht liebte und ihre Gefühle noch immer Marco galten. Solange sie sich selber nicht verzeihen konnte, so lange würde auch kein Platz für ihn in ihrem Herzen sein. Würde es sich lohnen, um ihre Liebe zu kämpfen? »Du liebst ihn immer noch?«, fragte Kurt angespannt, obwohl er die Antwort bereits wusste. Mit Tränen in den Augen nickte Simone. Kurt schluckte seinen Schmerz hinunter und fragte weiter: »Was erwartest du jetzt von mir? Die Absolution? Mitleid, Verständnis, oder was?« Simone flüsterte matt: »Ich weiß nicht.« Kurt starrte seine Frau ungläubig an. »Du machst es dir verdammt einfach! Du kommst nach vier Wochen zurück und weißt nicht, wie es weiter gehen soll? Mal abwarten und schauen, wie ich Esel reagieren werde!« Kurt rieb sich am Kopf und wusste selber nicht mehr weiter. Er sah, wie Simone litt und wie viel Mut sie es gekostet hatte, endlich vom Unfall zu erzählen. »Was bin ich eigentlich für dich? Und ich frage mich, warum du mich geheiratet hast?« Simone stützte den Kopf in ihre Hände. Eine Migräneattacke lähmte schleichend die rechte Gesichtshälfte und ein starker Schmerz durchbohrte ihre Stirn. Sie spürte wie ihre Zunge langsam gefühllos wurde. Simone lallte wie eine Betrunkene: »Ich will an uns glauben. Ich brauche dich ...«, weiter kam sie nicht. Ihr wurde schwarz vor Augen. Sie verlor das Gleichgewicht und kippte vom Stuhl. Kurt konnte sie gerade noch rechtzeitig vor dem Aufprall auf den Boden festhalten. Simone stotterte: »Mein Kopf ...«. Kurt hielt sie in seinen Armen. Er drückte sie an sich und streichelte zärtlich ihre tränennasse Wange. Er trug sie zum Sofa, legte sie vorsichtig darauf und deckte sie behutsam mit der Wolldecke zu. Eilig ging er in die Küche, holte Schmerztabletten und ein Glas Wasser. Dann kniete er sich neben Simone und half ihr beim Einnehmen der Tablette. Sie sah elend aus. Kurt war hin und her gerissen. Seine Gefühle fuhren Achterbahn. Denn er spürte, dass er Simone immer noch liebte und ohne sie nicht leben konnte. Jedoch fragte er sich, ob er ohne ihre Liebe klar kommen könnte. Würde es ihm genügen, zu wissen, dass er nur an zweiter Stelle stand? War er vielleicht zu eitel? Schnell verwarf er die Gedanken. Simone musste zuerst zu Kräften kommen. Und zudem stand Weihnachten vor der Tür. Das Fest der Liebe! Während er Simone ansah, wie sie so hilflos dalag, war es wieder um ihn geschehen. Er wusste, dass er sich von Simone nicht trennen konnte. Noch war seine Schmerzgrenze nicht überschritten. Er würde die Feiertage abwarten. Die Zeit würde es zeigen. Er dachte an die Zeit zurück, als er Simone in Italien den Hochzeitsantrag gemacht hatte. Damals hatte er den untrüglichen Eindruck gehabt, dass sie glücklich gewesen war.

\*\*\*

Am darauffolgenden Sonntag sowie nach jedem Feierabend ging er auf den Friedhof, in der Hoffnung sie nochmals dort anzutreffen. Und diesmal würde er sie ansprechen. Koste es, was es wolle! Er suchte sich in der Nähe von Marcos Grab eine Grabstätte aus, wo er ungehindert verharren und so tun konnte, als ob er in Trauer sei. Und sein beharrliches Ausharren hatte sich gelohnt! An einem Nachmittag verließ er bereits um 16 Uhr das Büro und ging direkt zum Friedhof. Er hatte sogar Blumen für die unbekannte Verstorbene gekauft, denn ihr Grab sah ziemlich vernachlässigt aus. Zielstrebig schritt er durch die Anlage. Er sah sie schon von Weitem! Er verlangsamte seinen Schritt und atmete tief durch. Er bemerkte, dass sie zitterte. Fror sie oder weinte sie so heftig? Er ging zum Grab der Unbekannten, das nur vier Gräber neben Marcos lag. Während er den Blumenstrauß niederlegte, blickte er verstohlen zu ihr hinüber, doch Sie nahm keine Notiz von ihm. Sie war in tiefer Trauer. Er beobachtete, wie sie in ihrer Handtasche nach irgendetwas suchte, dabei fielen ihre Handschuhe zu Boden. Er hielt den Atem an. War das jetzt seine Chance? Er wartete noch einen Moment. Sie wischte sich mit einem Taschentuch die Tränen weg und ging langsam davon. Mit großen Schritten eilte er ihr hinterher und dabei hob er die Handschuhe vom Boden auf. Außer Atem rief er: »Sie haben etwas verloren!« Simone zuckte zusammen, als sie eine männliche Stimme hinter sich hörte. Verdutzt drehte sie sich um. Ein groß gewachsener auffallend schlanker Mann, sie schätzte ihn auf Anfang dreißig, sah sie verlegen an. »Oh, vielen Dank.« Simone nahm die Handschuhe entgegen und zog sie gleich an. »Heute Nacht sollen die Temperaturen bis zu minus 15 Grad sinken«, sagte er aufgeregt. Simone blickte den Mann neugierig an. Er hatte etwas Sonderbares an sich und eine merkwürdige Aura umgab ihn. Ihr fielen gleich die stechenden hellblauen Augen sowie sein tiefer Blick auf. Sie hatte beinahe das Gefühl, dass er in ihre Seele schauen konnte. »Ja, morgen soll es schneien«, antwortete Simone verhalten. Sein Herz sprang vor Freude! Sie hatte mit ihm gesprochen! Verzweifelt überlegte er, was er noch sagen sollte. Er hatte doch die Unterhaltung so oft gedanklich durchgespielt. Nun fehlten ihm die Worte. Er blickte beschämt zu Boden. Simone sah wie er rot wurde. Seine unbeholfene Art rührte sie, deshalb fragte Simone freundlich: »Haben Sie jemanden besucht?« Er hob seinen Blick. Wie Balsam fühlten sich ihre Worte an. »Ja, meine Tante. Meine Mutter ist im Altenheim und kann ihre Schwester nicht mehr am Grab besuchen. Deshalb übernehme ich es für sie.« Er steckte seine Hände in die Manteltasche und scharrte nervös mit den Füssen. »Müssen Sie auch zur Bushaltestelle?«, fragte er schüchtern. »Ja, dann haben wir denselben Weg«, erwiderte Simone. Er strahlte über das ganze Gesicht und folgte Simone. Schweigend verließen sie den Friedhof. Er dachte: *Schade, dass die Bushaltestelle so nah ist.* Er nahm seinen ganzen Mut zusammen und fragte: »Darf ich Sie auf eine Tasse Tee oder Kaffee einladen. In der Nähe, wo ich arbeite, befindet sich ein gemütliches Café.« Erwartungsvoll blickte er Simone an. Sie war sich unschlüssig und blickte auf die Uhr. Es war erst 17 Uhr und Kurt würde heute Abend später nach Hause kommen. Was sprach dagegen? »Sie sagten das Café ist hier in der Nähe?« »Ja, wir müssen nur drei Stationen mit dem Bus fahren.«

»Also gut, aber nur kurz.« Sein Herz machte einen weiteren Hüpfer. Er musste sich anstrengen, dass er sie nicht dauernd anstarrte. Was würde sie sonst von ihm denken? Zum Glück kam der Bus gleich, denn es wurde mit jeder Minute kälter. Das Café war klein und gemütlich, so wie es Simone mochte. In der hinteren Ecke war noch ein Tisch frei. Galant nahm er ihr den Mantel ab und hängte ihn an der Garderobe auf. »Wollen Sie den Mantel anbehalten?«, fragte Simone belustigt. Er schlug sich mit der Hand auf die Stirn. Er stand sofort auf, zog den Mantel aus und legte ihn sorgfältig über die Stuhllehne. »Entschuldigen Sie, manchmal bin ich mit meinen Gedanken ganz woanders. Erst kürzlich bin ich doch tatsächlich mit meinen Hausschuhen zur Arbeit gegangen. Das war mir sehr peinlich, als meine Arbeitskollegen mich deswegen aufgezogen haben.« Als ihnen der Tee serviert wurde, sagte er: »Wir haben uns noch gar nicht vorgestellt.« Simone erwiderte freundlich: »Nun, wie Sie sehen, ist das gar nicht so wichtig. Auch ich bin oftmals mit meinen Gedanken woanders. Ich heiße übrigens Simone.« »Ich heiße Jakob.« »Sie können jetzt meine Hand wieder loslassen!« »Oh, entschuldigen Sie bitte. Das ist eine blöde Angewohnheit von mir.« Verlegen wandte er den Blick von ihr und hoffte, dass er sie nicht verunsichert hatte. *Ein komischer Kauz*, dachte Simone. »Und wen haben Sie auf dem Friedhof besucht?«, wagte Jakob zu fragen. Es interessierte ihn brennend und er konnte seine Neugier nicht mehr länger zurückhalten. »Darüber möchte ich nicht sprechen«, antworte Simone knapp. Er spürte, dass er sie mit seiner Frage verärgert hatte. »Soll ich uns ein Stück

Kuchen bestellen?« »Nein danke, ich muss jetzt los.« Jakob wünschte sich, dass Simone noch bliebe. Sie waren doch erst seit einigen Minuten hier. Simone bemerkte seinen bestürzten Ausdruck und korrigierte sich: »Ich meinte, wenn ich den Tee ausgetrunken habe.« Jakob entspannte sich wieder und überlegte angestrengt, wie er Simone dazu bewegen konnte, noch etwas länger zu bleiben. Da kam ihm ihr Klavierspiel in den Sinn. Er musste irgendwie das Gespräch Richtung Musik lenken. Er blickte sich im Café um. Er wusste selber noch nicht, nach was er suchte. Dann sah er an der Eingangstür ein Werbeplakat hängen. Seine Rettung! »Am nächsten Samstag findet in der Tonhalle ein Konzert statt. Ich mag klassische Musik. Und Sie?« Er strahlte wieder über das ganze Gesicht, in der Hoffnung, nun das richtige Thema für eine längere Unterhaltung gefunden zu haben. Simone wurde plötzlich unruhig. Sie hatte keine Lust mit einem fremden Mann über Musik zu reden. Sie erwiderte etwas barsch: »Wie kommen Sie jetzt darauf, über klassische Musik zu reden?« Jakob verging das Lachen. Er gab sich alle Mühe, ein freundliches Gespräch zu führen, aber sie blockte all seine Fragen ab. So hatte er sich das erste Treffen mit ihr nicht vorgestellt. Er fuhr sich nervös durch das Haar. Es bildeten sich Schweißperlen auf seiner Stirn. Er biss sich auf die Zunge, um Beherrschung zu bewahren. Stumm zeigte er zum Plakat an der Eingangstür und antwortete beleidigt: »Deswegen und weil ich versuche, mich mit Ihnen zu unterhalten. Aber wenn ich Sie langweilen sollte, können wir auch gehen!« Simone schaute zur Tür und sagte in versöhnlichem Ton: » Ich wollte nicht unhöflich sein, aber Sie haben einen wunden Punkt bei mir getroffen, genauer gesagt zwei. Der Tod und die Musik spielen in meinem Leben eine wichtige Rolle und ich spreche ungern mit fremden Menschen darüber.« Simone nippte am heißen Tee und sagte kein weiteres Wort mehr. Beide verharrten in Schweigen. *Ich will unbedingt ihr Vertrauen gewinnen, aber wie nur,* dachte er verzweifelt. Zaghaft fragte er: »Darf ich Sie wieder sehen?« Simone blickte Jakob überrascht an. Was wollte dieser Mann von ihr. Sie erwiderte: »Weshalb, wollen Sie mich wiedersehen?« Auf diese Frage war Jakob nicht vorbereitet. Er stotterte ausweichend: »Weil ich Sie nett finde und wir quasi Friedhofsnachbarn sind.« Jakob gab sich alle Mühe, Simone freundlich anzulächeln und cool zu bleiben. Er hoffte, dass sie sein heftiges Herzklopfen nicht hörte. Simone schaute Jakob prüfend an. Seine feinen und verletzlichen Gesichtszüge verrieten ihr, dass auch er eine schwere Last mit sich tragen musste. Je länger sie ihn betrachtete, umso mehr empfand sie Mitleid mit ihm und obwohl er ihr auch etwas Unbehagen bereitete, war aber auch etwas an ihm, das sie faszinierte. Ohne weiter nachzudenken, kramte Simone einen Kugelschreiber aus ihrer Handtasche hervor. Energisch winkte sie der Kellnerin und verlangte nach der Rechnung sowie nach einem Notizzettel. Als sie bezahlt und ihre Handynummer notiert hatte, überreichte sie Jakob wortlos den Zettel. Er starrte auf ihre schöne schwungvolle Handschrift. Als Jakob sich von Simone verabschieden wollte, war sie bereits an der Tür. Ohne sich nach ihm umzudrehen, verließ sie eilig das Café. Aufgewühlt blickte er ihr nach und umklammerte den Zettel mit ihrer Telefonnummer. Das war eindeutig eine Aufforderung, dass er sie anrufen sollte. Nicht einmal in seinen kühnsten Träumen hätte er gedacht, dass sie ihm ihre Handynummer geben würde. Er war glücklich und zugleich traurig, dass sie schon gegangen war. Ihr Mann würde sie bestimmt zu Hause erwarten. Jakob saß noch eine ganze Stunde im Café und überlegte, wann er Simone anrufen sollte. Er hatte keine Ahnung, wie lange er warten sollte und was sich gut machen würde. Dann kam ihm die Idee, dass er ihr einen Blumenstrauß vor die Haustür legen und sie in einer Woche anrufen würde. Zufrieden verließ er das Café und konnte es kaum erwarten, Simone wieder zu sehen.

## *Im Dezember 2004*

Simone und Kurt verbrachten die Weihnachtstage zu Hause. Sie waren freundlich zueinander und sprachen nur das Nötigste. Keiner wollte den anderen verletzen. Kurt sah, wie schlecht es Simone ging. Ihre Gemütsverfassung hing an einem seidenen Faden. Er sah auch ein, dass er im Moment auf die Weiterführung des Gespräches verzichten musste. Er befürchtete, dass Simone eine Depression erlitt. Kurt hatte nach Simones Migräneattacke die Schwiegermutter angerufen und mit ihr ein aufschlussreiches Gespräch geführt. Sie hatte ihm erzählt, dass Simone nach ihrem Selbstmordversuch in psychologischer Behandlung war. Es war für alle eine schwierige Zeit gewesen. Sie bat Kurt, Simone nicht zu verlassen. Sie brauchte ihn. Sie seien seit fünf Jahren verheiratet und es gab doch auch gute Momente in ihrer Ehe. Er müsse jetzt zu seiner Frau stehen, sonst würde Simone wieder in ein Loch fallen. Die Schwiegermutter weinte vor Sorge am Telefon und Kurt war das unangenehm. Er hätte seine Schwiegermutter gerne getröstet, fand jedoch nicht die richtigen Worte, weil er selber noch durch den Wind war und große Mühe hatte, mit der ganzen Situation klar zu kommen. Doch er versprach ihr, sich um Simone zu kümmern.

# Die Frau am Klavier – 2. Teil

Heftige Kopfschmerzen plagten Simone. Aber diesmal waren die Schmerzen kaum auszuhalten und ihr ganzer Schädel dröhnte. Zögerlich öffnete sie die Augen. Alles war schwarz um sie herum. Vorsichtig tastete Simone den Kopf ab. Irgendwas war anders. Aber was nur? Langsam richtet sie sich auf, liess sich jedoch gleich wieder fallen. Ihr war schwindelig. Erst jetzt bemerkte Simone, dass sie einen wahnsinnigen Durst hatte. Ihre Zunge klebte am Gaumen und das Schlucken tat weh. Ein winziger Sonnenstrahl drängte durch die geschlossenen Fensterläden. Gespenstische unwirkliche Schattenformen flimmerten vor ihren Augen. Weshalb fühlten sich ihre Finger so klebrig an? Oh Gott, sie rochen nach Blut! Simone tastete nochmals ihren Kopf ab und spürte, dass sie am Hinterkopf eine Wunde hatte. Angsterfüllt versuchte sie aufzustehen. Irgendetwas stimmte hier nicht. *Hoffentlich träume ich nur,* dachte sie voller Sorge. Schlagartig wurde ihr bewusst, dass es kein Traum war! Es war viel schlimmer, als sie befürchtet hatte. Langsam kamen die Erinnerungen zurück. Sie befand sich in einem dunklen Raum. *Wie konnte es bloß soweit kommen?* Verzweifelt ließ Simone ihren Tränen freien Lauf. Vor Schmerz und Angst weinte sie, denn sie wusste, wenn sie nach Hilfe schreien würde, dass sie niemanden hören würde. *Ich brauche dringend Wasser! Erst dann kann ich einigermaßen klar denken.* Vor Schmerzen gekrümmt taumelte Simone durch den Raum und suchte nach etwas Trinkbarem. Irgendwo musste sich ihr Tagesrucksack befinden. Sie trug stets eine kleine Wasserflasche bei sich. Sie stolperte über einen spitzen Gegenstand und schürfte sich dabei das Knie auf. Mit letzter Kraft rappelte sie sich wieder auf und suchte weiter. Vorsichtig taste sie sich an einem Holzregal entlang. Ein Stuhl versperrte ihr den Weg. Hier musste der schwere massive Holztisch stehen! Sie schob den Stuhl beiseite und griff nach der Tischplatte und legte sich erschöpft darauf. Sie brauchte eine Verschnaufpause. Als sie sich etwas erholt hatte, suchte sie weiter. Und tatsächlich fand sie ihn! Wie einen Schatz nahm sie den Rucksack an sich und setzte sich auf den Boden. Sie öffnete ihn und fand zum Glück die kleine Plastikflasche. Gierig trank Simone das lauwarme ungenießbare Wasser. Es war ihr egal, Hauptsache sie konnte ihren unbändigen Durst löschen. Erschöpft lehnte sie sich an das Tischbein und schloss die Augen. Nichts war zu hören, bis auf ihren schweren Atem. Simone dachte angestrengt nach, was sie als nächstes tun sollte. Hilfe holen, aber wie? Hastig durchwühlte sie ihren Rucksack. All ihre persönlichen Sachen wie Geldbörse, Führerausweis, Identitätskarte sowie das Handy waren weg! Fassungslos starrte Simone auf das Wenige, das noch im Rucksack war. Um ruhig zu bleiben, blickte sie sich um und versuchte sich zu orientieren. Sie befand sich in einem großen dunklen Raum, der spärlich eingerichtet war. Je länger sich Simone umschaute und sich an die Dunkelheit gewöhnte, desto mehr kamen die Erinnerungen zurück. Ihr verschlug es beinahe den Atem, als sie erkannte, in welcher misslichen Lage sie steckte. Um sich von der höllischen Angst abzulenken, sprach Simone mit zitternder Stimme: »Kurt hörst du mich? Ich brauche dich, mehr als du dir vorstellen kannst! Bitte komm mich holen, ich will nach Hause ...« Tränen erstickten ihr Gestammel. *Wenn er nicht nach mir sucht ...* Es lief ihr eiskalt den Rücken hinunter. Die Aussicht, dass Kurt nach ihr suchen würde, stand auf null! Aber sie durfte jetzt den Glauben nicht aufgeben, sonst wäre sie verloren. Sie musste daran festhalten und mit aller Kraft an Kurt denken. Es gab doch Gedankenübertragung! Es musste einfach funktionieren, das war ihre letzte Chance! Simone schloss die Augen und flüstere: »Kurt ich brauche dich! Bitte komm mich holen, bitte rette mich! Bitte ...noch einmal, noch ein letztes Mal. ....« Die Ohnmacht schlug zu. Simones Oberkörper kippte zu Boden und eine Blutlache breitete sich auf dem staubigen alten Teppich aus, den vor vielen Jahren Jägerstiefel betreten hatten. Ein ausgestopfter Rotfuchs starrte vom Büchergestell auf die bewusstlose Simone herab. Von weitem hörte man nur einen Falken rufen. Der Sommertag neigte sich seinem Ende zu und die rotgoldene schimmernde Abendsonne verabschiedete sich majestätisch hinter den steilen Hügeln des *Valle di Muggio,* im südlichsten Tal der Schweiz.

## Im Juni 2005

»Cara, schon wieder liegt ein Blumenstrauß vor der Tür! Das ist jetzt bereits der Vierte! Ich mache mir langsam Sorgen. Wenn Kurt davon erfährt, oh mio dio, ich will nicht wissen, wie er reagieren wird. Bitte erzähle mir was los ist. Ich bin doch deine Freundin, die dir nur Gutes will. Schließlich sind wir jetzt beim Du! Ich möchte mich nicht in deine Ehe einmischen, aber was hier läuft, ist nicht gut! Gar nicht gut! Ausgerechnet jetzt, wo es zwischen dir und Kurt wieder besser läuft, hast du einen Verehrer. Du musst etwas dagegen unternehmen. Es gehört sich nicht. Du bist eine verheiratete Frau!« Adriana fuchtelte wild mit ihren Händen und schüttelte immer wieder den Kopf. »Ach Adriana, du machst dir unnötige Sorgen. Jakob ist nur ein Freund. Und er weiß, dass ich verheiratet bin.« »Aha, aber er scheut sich nicht, dir Blumen vor die Haustür zu legen!« Adriana stemmte beide Hände in ihre üppigen Hüften und funkelte Simone herausfordernd an. »Ich gebe ja zu, dass die ganze Sache ein bisschen eigenartig wirkt. Jakob ist eben Jakob. Er ist etwas unbeholfen und wahnsinnig froh, dass er meine Bekanntschaft gemacht hat. Wir können gut miteinander reden. Er ist ein sehr einfühlsamer Mensch. Manchmal habe ich sogar das Gefühl, dass ich mit einer Frau rede anstatt mit einem Mann. Das ist alles.« »Du kannst mit mir reden! Oder mit deinem Ehemann!« »Adriana, mach dir bitte keine Gedanken. Es ist alles gut. Mit Kurt berede ich ganz andere wichtige Dinge und auf einer anderen Ebene. Mit Jakob ist es viel spielerischer. Wir lachen zusammen und teilen ähnliche Hobbys. Er liebt ebenfalls klassische Musik, und wir können uns stundenlang über Konzerte, Opern und Ballettaufführungen unterhalten. Du weißt doch, dass Kurt sich nicht sonderlich für Opern interessiert. So habe ich einen netten Freund gefunden, der dieselben Leidenschaften mit mir teilt. Mehr nicht!«

Adriana schien mit Simones Ausführungen nicht zufrieden zu sein. Sie schüttelte wieder den Kopf und erwiderte: »Ich gebe dir einen guten Rat, lass Jakob nicht zu nahe an dich heran. Er könnte das falsch verstehen. Männer ticken da einfach anders, als wir Frauen. Du musst klare Zeichen geben und klare Grenzen setzen! So, genug geredet! Der Pastateig muss noch vorbereitet werden. Heute Abend gibt es gefüllte Ravioli mit Spinat und Ricotta!« Mit energischen kleinen Schritten ging Adriana in ihr Hoheitsgebiet. Simone blickte ihr nachdenklich nach. Vielleicht hatte ja Adriana Recht, dass sie Jakob falsche Hoffnungen machte? Aber das konnte sich Simone nicht vorstellen. Jakob hatte ihr schon mehrmals versichert, dass er ihre Freundschaft zu schätzen wisse und keine Absichten nach mehr hege. Er wisse, dass sie verheiratet sei und das wolle er respektieren. Simone blickte auf die Uhr. Sie war spät dran. Sie hatte sich wieder mit Jakob verabredet. Sie trafen sich einmal pro Woche in ihrem Lieblingscafé oder vor dem Friedhof. Sie gingen auch oft im Zoo spazieren. In einem Punkt hatte aber Adriana Recht. Wenn Kurt von Jakob erfahren würde, wäre das nicht sonderlich förderlich für ihre strapazierte Ehe. Deshalb verschwieg ihm Simone die Treffen mit Jakob. Sie wollte Kurt zu einem späteren Zeitpunkt über die neue Bekanntschaft erzählen. Aber zuerst musste sie Jakob mitteilen, dass er ihr künftig keine Blumen mehr vor die Haustür legen sollte.

Jakob fühlt sich wie im siebten Himmel. Die Treffen mit Simone waren die Highlights seiner Woche. Er lebte nur noch für diese Begegnungen. Immer wieder dachte er mit klopfendem Herzen, wie er sie das erste Mal angerufen hatte, nachdem sie ihm überraschenderweise ihre Handynummer gegeben hatte. Sie klang erfreut, und sie verabredeten sich so zwanglos, als ob sie sich schon lange kannten. Natürlich verschwieg ihr Jakob, dass er viel mehr Gefühle für sie hatte als sie annahm. Ihm war bewusst, dass Simone in ihm nur einen Freund sah. Zunächst genügten ihm die wöchentlichen Treffen. Seine Zeit würde noch kommen, das spürte Jakob. Er musste nur abwarten und ihr Vertrauen gewinnen. Er hatte auch bereits einen Plan, wie ihm das gelingen könnte. Denn wegen seines unermüdlichen Arbeitseifers hatte er von seinem Arbeitgeber zwei Konzertkarten für die Oper *Tosca* geschenkt bekommen. Die Karten wollte er Simone und ihrem Ehemann schenken. Auf diese Weise konnte er ihr zeigen, wie wichtig ihm ihr Eheglück war. Jakob konnte es kaum erwarten, Simone damit zu überraschen. Er sah sie schon vor sich, wie sie ihn dankend anlächeln würde. Oh, wie er ihr verhaltenes Lächeln liebte! Überhaupt, er liebte einfach alles an ihr. Besonders ihre Gedankenfalten zwischen der Stirnpartie und ihrer schön geformte Nase, die von einer griechischen Göttin abstammen könnte. Wenn er zu Bett ging, galt sein letzter Gedanke ihr und wenn er morgens aufwachte, begrüßte er sie, indem er zärtlich ihren Namen flüsterte. Natürlich träumte er auch davon, mit ihr zu schlafen. Aber diesen Gedanken verjagte er gleich wieder. Denn der Beischlaf sollte ein Akt der Liebe sein und nicht der gierigen Lust. Bei Simone fühlte er sich aufgehoben und vergaß, dass seine Mutter immer an erster Stelle gewesen war. Nun hatte Simone ihren Platz eingenommen. Wenn auch nur einmal pro Woche. Aber das würde sich bald ändern. Und wie er die Gespräche mit ihr über klassische Musik liebte! Sie waren fundiert und beide hatten denselben Musikgeschmack. Bei ihr konnte er ohne Hemmungen von seinen tiefen Empfindungen zur Musik erzählen und welche fantasievollen Bilder er beim Zuhören vor sich sah. Sogar seiner Mutter war aufgefallen, dass er sich verändert hatte. Sie meinte, dass ein Strahlen von ihm ausgehe. Jakob hatte sich sogar eine neue Garderobe zugelegt. Simone war stets elegant und stilvoll gekleidet. Er wollte ihr gefallen. Seit Neustem wurde er auch von den Bürokolleginnen wahrgenommen, was ihm schmeichelte. Wenn er sich morgens kritisch vor dem Spiegel betrachtete, musste er sich selber eingestehen, dass er einen gewinnenden Eindruck vermittelte. Von dem in sich gekehrten und unscheinbaren Buchhalter war nicht mehr viel zu erkennen. Sein sicheres Auftreten hatte er Simone zu verdanken. Sie gab ihm Kraft und neues Selbstvertrauen. Jakob kam es vor, als ob sie ihn aus einem langen tiefen Schlaf erweckt hätte.

»Das duftet ja wunderbar! Haben wir was zu feiern?« Kurt warf sein Jackett über die Stuhllehne. Er sah müde aus. Schwierige Geschäftsverhandlungen wollten zu keinem Ende und Ergebnis führen. Kurt kam gerne direkt und rasch zur Sache. Aber mit dem neuen Projekt brauchte er viel Geduld, bis es endlich zu einem Abschluss käme. Umso mehr freute er sich auf ein gutes Essen und ein Glas Rotwein. Und dass Simone ihm heute ausnahmsweise beim Abendessen Gesellschaft leistete, freute ihn besonders. »Nein, wir haben nichts zu feiern. Adriana hat nur Erbarmen mit dir.« »Aha, und weshalb?« »Weil du so viel arbeitest.« Kurt bemerkte, dass neben dem Gedeck ein Couvert lag. »Was ist das?«, fragte er neugierig. »Öffne es, dann weißt du mehr«, erwiderte Simone geheimnisvoll. Kurt war schon seit einiger Zeit aufgefallen, dass Simone sich wieder gefangen und ihr Gemütszustand sich glücklicherweise verbessert hatte. Es gab Tage, da war sie richtig gut gelaunt und konnte wieder lachen. Sie gingen auch viel herzlicher miteinander um und kamen sich mit jedem Tag einen Schritt näher. Kurt hatte ihr längst verziehen. Er durfte nicht nur ihr die Schuld geben, dass sie ihm so lange den tödlichen Unfall von Marco verschwiegen hatte. Er war dermaßen auf die Zukunft fokussiert gewesen, dass er dabei vergessen hatte, dass die Vergangenheit eines Menschen eine wichtige Rolle spielt und nicht einfach weggesperrt werden kann. Kurt öffnete mit dem Messer den Briefumschlag. Stirnrunzelnd studierte er die Konzertkarten sowie die beigelegte Karte: *Herzliche Einladung zur Opernaufführung Tosca mit anschließendem Abendessen in unserem Lieblingsrestaurant, deine Simone.* Kurt blickte seine Frau erstaunt an. Opern gehörten nicht gerade zu seinen bevorzugten Leidenschaften. Aber er wollte seiner Frau die Freude nicht verderben. Deshalb setzte er ein charmantes Lächeln auf und sagte: »Danke mein Schatz. Das ist eine willkommene Abwechslung. Wir sind schon lange nicht mehr zusammen ausgegangen. Ich freue mich sehr.« Zärtlich legte er seine Hand auf ihre. Sie umklammerte seine Finger und erwiderte: »Ja, wir sollten das wieder öfter tun. Ich fühle mich gefestigt und verspüre das Bedürfnis wieder unter Menschen zu gehen.« Seine Müdigkeit und Ärger über die langwierigen Verhandlungen waren verflogen. Losgelöst lehnte er sich in den Stuhl zurück und betrachtete seine Frau mit einem liebevollen Blick. Da war sie wieder! Seine Frau, so wie er sie liebte. Das Warten hatte sich gelohnt. Er hätte Simone am liebsten in die Arme geschlossen. Aber er wollte den Moment der innigen Nähe, den sie schon so lange nicht mehr gespürt hatten, nicht zerstören. Sie schauten sich in die Augen und spürten, dass sie sich ganz nahe waren. Vielleicht gab es doch noch Hoffnung auf eine glückliche Ehe.

»Ach Jakob! Du hast uns eine riesige Freude bereitet! Der Opernabend war hinreißend. Mein Ehemann ist während der ganzen Aufführung kein einziges Mal eingeschlafen!«, erzählte Simone begeistert. »Das lag bestimmt an dir. Du warst sicher die schönste Frau im Opernhaus.« Jakob spürte, wie giftige Eifersuchtsgefühle in ihm hochkochten. »Nein, es lag nicht an mir, sondern an der sensationellen Sängerin. Sogar mein Mann bekam bei ihrer Stimme eine Gänsehaut. Schau, ich habe dir als Dankeschön ein kleines Geschenk mitgebracht.« Simone kramte aus ihrer Handtasche ein Päckchen hervor und überreichte es dem verdutzten Jakob. Ein Geschenk für ihn! Sofort verflüchtigten sich die Eifersuchtsgefühle. »Vielen Dank«, stotterte er verlegen. Freudig riss er das Geschenkpapier auf. Eine CD von der berühmten russischen Opernsängerin *Anna Netrebko* kam zum Vorschein. Simone hatte ihm während eines Spaziergangs aufmerksam zugehört, als er ihr von seiner Lieblingssängerin vorschwärmte. Nicht nur ihre Schönheit, sondern auch ihre Stimmgewalt verzauberten Jakob. Berührt flüsterte er: »Wie aufmerksam von dir. Du machst mir eine große Freude, vielen Dank.« »Nichts zu danken, denn an diesem Opernabend sind mein Mann und ich uns wieder näher gekommen. Es war so romantisch, wie in alten Zeiten.« Simone hielt inne, als sie Jakobs schmerzerfülltes Gesicht sah. »Fühlst du dich nicht gut?« »Ach, nur eine kleine Magenverstimmung. Nicht der Rede wert«, antwortete Jakob zähneknirschend. Das hatte er jetzt davon! Das war ja eine tolle Idee gewesen, ihr Konzertkarten zu schenken. Da hatte er sich wohl in Simones Ehemann getäuscht. Jakob hätte darauf wetten können, dass Kurt entweder die Oper aus mangelndem Interesse nicht besuchen oder sich während der Aufführung zu Tode langweilen würde. Leider war jetzt genau das Gegenteil eingetreten. Er verfluchte Kurt! Aber zum Glück himmelte Simone ihn wegen der gelungenen Idee an. Er entschuldigte sich kurz und ging zur Toilette. Er wusch sich mit kaltem Wasser das Gesicht, um seine aufkeimenden Eifersuchtsgefühle abzukühlen. Er musste mit schwererem Geschütz auffahren und diesem Kurt die Stirn bieten. Aber jetzt wollte er sich zuerst wieder auf Simone konzentrieren. Sie hatten noch den ganzen Nachmittag vor sich. Und diese Zeit wollte er nur mit schönen Gedanken verbringen.

Simone hatte Jakob bei einem Spaziergang verraten, dass ihr Ehemann sie neuerdings sonntags zum Grab von Marco begleitete. Diese Information hatte sich Jakob gemerkt, denn nun konnte er diese wichtige Information für seinen nächsten Schachzug nutzen. Er machte sich an die darauffolgenden Sonntage auf den Weg zum Friedhof.

Er hoffte, dass er Simone und ihren Mann dort antreffen würde. Das war eine langwierige Aktion, da er den ganzen Tag auf dem Friedhof ausharren musste. Zum Glück gab es in der Parkanlage genügend Stühle. Viele Besucher kamen gerne in den idyllischen Friedhof, um einfach in der Stille zu sein oder um ein Buch zu lesen. Und genau das tat er auch; er gab vor, zu lesen. Seine Hartnäckigkeit wurde bald belohnt. Am dritten darauffolgenden Sonntag sah er, wie Simone und Kurt durch den Friedhof schlenderten. Es tat ihm weh, sie in den Armen ihres Ehemannes zu sehen. Er verdrängte seinen Schmerz und richtete seine Aufmerksamkeit auf den Plan. Rasch verstaute er sein Buch im Rucksack und holte den Blumenstrauß für seine angebliche verstorbene Tante hervor. Wie die anderen Besucher schritt er gemächlich den Weg entlang und legte mit gesenktem Kopf die Blumen auf das unbekannte Grab nieder. Dabei beobachtete er Simone. Ihr Ehemann streichelte ihren Rücken und schien sie zu trösten. Langsam ging Jakob auf Simone zu und fixierte sie wie eine Raubkatze, die in Angriffsstellung lauerte. Simone musste seinen intensiven Blick gespürt haben, denn sie schaute in seine Richtung. Jakob entging es nicht, wie sie bei seinem Anblick erschrak. Er gab vor, freudig überrascht zu sein, ging mit raschen Schritten auf sie zu und sagte: »Was für eine schöne Überraschung! Hallo Simone!« Zu Kurt gerichtet: »Guten Tag, ich bin Jakob, ein guter Freund ihrer Frau. Es freut mich, Sie endlich kennenzulernen.« Simone fühlte sich total überrumpelt und stammelte nur: »Hallo.« Kurt blickte Jakob neugierig an und antwortete knapp: »Guten Tag.« »Wie geht es dir meine Liebe?«, fragte Jakob und lächelte Simone an. Sie starrte Jakob entsetzt an und fragte sich, was dieses Getue sollte? Was bezweckte Jakob? Weshalb führte er sich in Gegenwart ihres Ehemannes so seltsam auf? Ihr Herz pochte wild. Sie antwortete so gelassen wie möglich: »Danke Jakob, mir geht es gut.« Zu Kurt gerichtet erklärte sie im Schönwetterton: »Das Grab seiner Tante liegt nur wenige Meter von Marcos Grabstein entfernt.« Bevor Kurt etwas erwidern konnte, sagte Jakob: »Wie ich gehört habe, hat Ihnen die Oper gefallen.« Kurt blickte Jakob überrascht an und fragte: »Welche Oper?« »Na die Tosca!«, antwortete Jakob süffisant. Simone kochte vor Wut und sagte energisch: »Jakob würdest du uns bitte entschuldigen. Wir müssen gleich weiter.« Ihr verbissener Gesichtsausdruck gab zu verstehen, dass Jakob sie in Ruhe lassen solle. »Oh, entschuldige bitte. Ich wollte dich nicht aufhalten. Dann wünsche ich dir noch einen schönen Sonntag und wir sehen uns nächsten Mittwoch wieder?« Simone zuckte bei der Frage zusammen. Sie zog Kurt am Arm und marschierte ohne eine Antwort los. Rasch verließen sie den Friedhof. Verachtend blickte Jakob dem Ehepaar nach. *Was für ein eingebildeter Gockel! Wie konnte Simone diesen Mann nur heiraten?* fragte sich Jakob. Ihm war klar, dass sein Auftreten Simone verärgert hatte. Das war nicht zu übersehen. Aber viel wichtiger war, dass Kurt ihn wahrgenommen hatte. Er konnte sich bildhaft vorstellen, welche heftige Diskussion nun zu Hause auf Simone warten würde. Er war nicht dumm. Denn bei ihrer Reaktion hatte er schnell begriffen, dass sie ihrem Ehemann nichts von ihm erzählt hatte. Das ehrte Jakob wiederum. Er war ihr Geheimnis! Er nahm sich vor, Simone gleich am nächsten Tag anzurufen, um sich bei ihr zu entschuldigen. Schadenfreude überkam ihn. Er ging in sein Lieblingscafé und genehmigte sich ein Glas Champagner. Er trank auf sich und auf die Zukunft mit Simone.

»Was war denn das für ein komischer Kauz?«, wollte Kurt sofort wissen, als sie außer Hörweite waren. »Bitte lass uns das zu Hause besprechen. Ich glaube, er beobachtet uns. Mir ist ganz komisch zumute.« Kurt hörte aus Simones Stimme Angst heraus. Er dachte: *Nicht schon wieder ein Geheimnis! Langsam aber sicher ertrage ich das nicht mehr!* »Okay, aber daheim möchte ich wissen, wer dieser Kerl ist!« Schweigend fuhren sie nach Hause. Während der Fahrt überlegte Simone krampfhaft, wie sie Kurt schonend die Freundschaft zwischen Jakob und ihr erklären sollte. Weshalb fühlte sie sich wie ein kleines Kind, dass etwas verbrochen hatte? Sie hatte doch nichts Unrechtes getan! Kurts misstrauischer Blick löste bei Simone eine kleine Panikattacke aus. Sie begann zu schwitzen und ihr Herz schlug schneller. Als sie zu Hause waren, ließ Kurt nicht locker. Diesmal würde er nicht nachgeben. Simone war ihm eine Erklärung schuldig. Er hatte gleich gemerkt, dass dieser Kerl ein Auge auf seine Frau geworfen hatte. Kurt war dieser aufdringliche Typ nicht geheuer. Irgendetwas stimmte mit dem nicht! Der spielte ein Spiel. Er wusste nur noch nicht welches! »Also, wer ist dieser Jakob? Und was will er von dir? War ja nicht zu übersehen, dass er auf dich abfährt!« »Dass ihr Männer immer gleich Hintergedanken haben müsst«, erwiderte Simone aufgebracht. »Bitte weich mir nicht aus. Darin bist du wirklich eine Weltmeisterin!« »Was wirfst du mir eigentlich vor? Ich fühle mich als stünde ich vor Gericht!« Kurt ahnte, dass die Diskussion zu nichts führen würde. Er ging auf Simone zu, nahm ihre Hand und sagte ruhig: »Simone, ich werfe dir nichts vor. Ich möchte einfach nur wissen, wer Jakob ist. Er weiß, dass wir in der Oper waren und er fragt dich, ob ihr euch nächsten Mittwoch wieder treffen werdet. Ich stehe daneben und komme mir ziemlich dämlich vor, weil du mir nie etwas von diesem Kerl erzählt hast.« »Entschuldige bitte Kurt. Ich habe mich da in etwas hinein manövriert. Ich hätte dir schon längst von Jakob erzählen sollen. Ich fand es aber nicht wichtig, weil es da nicht viel zu berichten gibt. Ich habe ihn auf dem Friedhof kennengelernt; ich verlor dort meine Handschuhe. Er sah es und brachte sie mir zurück. Danach lud er mich auf einen Kaffee ein. Während des Gesprächs stellte sich heraus, dass auch er klassische Musik liebt. So ergab es sich, dass wir uns ab und zu im Café trafen. Und als wir zwei uns dann so zerstritten hatten, war ich um Jakobs Gesellschaft froh. Es tat mir einfach gut, mit ihm zu reden. Das ist alles und völlig harmlos.« Kurt ließ Simones Hand los. Er drehte sich um. Er wollte nicht, dass sie seinen verletzten Blick sah. Wieder einmal mehr hatte sie ihm etwas verheimlicht. Er schluckte seinen Ärger hinunter, wandte sich zu ihr um und sagte mit stockender Stimme: » Und als ich dich abends nach deinem Tagesablauf gefragt habe, hast du mir nie etwas von den Treffen mit Jakob erzählt. Weshalb nicht?« »Weil ich befürchtet habe, dass du dich dann aufregen oder sogar denken würdest, dass ich dich betrüge.« »Aha, und so dachtest du dir, besser nichts sagen. Aber so funktioniert das in einer Beziehung nicht! Schon mal was von gegenseitigem Vertrauen gehört? Ich dachte wir hätten das hinter uns. Aber nein, du schaffst es immer wieder das Vertrauen, das wir uns sorgfältig aufgebaut haben, zu zerstören. Ich glaubte zu meinen, dass du es nun wirklich ehrlich mit uns meinst. Aber das hier, was du mir gerade aufgetischt hast, geht zu weit! Und die Blumen waren von ihm! Stimmt´s? Du hast mir geradeheraus ins Gesicht gelogen! Ich halte das nicht mehr aus. Du machst mich kaputt. Ist dir eigentlich bewusst, wie du auf meinen Gefühlen herum trampelst?« Simone hatte keine Möglichkeit zu antworten, denn Kurt hastete mit großen Schritten die Treppe hoch. Er hatte nur noch ein Ziel. So schnell wie möglich seine Koffer zu packen und so weit wie möglich von Simone weg zu gehen. Sein Herz blutete vor Schmerz. Ohne jedes weitere Wort verließ er das Haus. Simone stand wie ein begossener Pudel da und brachte keine Silbe über die Lippen, als sie sah, wie Kurt mit Gepäck und hochrotem Gesicht das Haus verließ. Sie war wie vor den Kopf gestoßen. Vor einigen Stunden war ihre Welt noch in Ordnung. Und nun diese plötzliche, unerwartete Kehrtwendung! Als sie den Motor von Kurts Wagen starten hörte, rannte Simone aus dem Haus und rief: »Kurt bitte geh nicht! Kurt ...« Der Sportwagen rauschte davon. Im Rückspiegel sah Kurt, wie Simone sich verzweifelt die Hände vors Gesicht schlug. Er drückte auf das Gaspedal. Auch er konnte seine Tränen nicht mehr zurück halten.

»Was willst du?«, fragte Simone in barschem Ton. Eigentlich wollte sie Jakobs Anruf nicht entgegen nehmen. Aber sie fühlte sich einsam. Eine vertraute Stimme konnte vielleicht ihre Gemütslage etwas aufheitern. »Ich möchte mich bei dir entschuldigen. Vielleicht war ich gestern etwas zu aufdringlich. Bitte verzeih mir. Ich dachte, dass du deinem Ehemann von unserer Freundschaft erzählt hast. Bitte glaube mir, ich habe die ganze Nacht vor Sorge kein Auge zugetan. Ich hoffe, bei euch ist alles in Ordnung?« »Ja, es ist alles gut«, log Simone. Jakob glaubte ihr kein Wort, denn ihre Stimme klang sehr traurig. »Dann bin ich froh. Ich habe mich wirklich gefreut, dich und deinen Mann zu treffen. Er kann sich glücklich schätzen, mit dir verheiratet zu sein. Und ich bin beruhigt, weil ich jetzt weiß, dass du in guten Händen bist.« Simone konnte ihre Tränen nicht mehr zurückhalten. Sie schluchzte. »Simone, was ist denn? Habe ich etwas Falsches gesagt?« Simone sagte nichts. Jakob wartete. Er umklammerte aufgeregt den Hörer. »Soll ich zu dir kommen? Möchtest du reden?« »Wir treffen uns am Mittwoch. Ich will jetzt nicht reden. Tschüß Jakob.« Ohne seine Antwort abzuwarten, legte Simone hastig auf. Von Tränen aufgelöst, verzog sie sich ins Schlafzimmer. Simone hatte noch nichts von Kurt gehört. Er nahm ihre Anrufe nicht an.

Jakob sah sich im Spiegel an. Siegesbewusst lächelte er. Aber gleichzeitig tat sein Herz weh. Er konnte es kaum ertragen, dass Simone am Telefon geweint hatte. Er wollte sie so gerne trösten. Jetzt musste er sich bis Mittwoch gedulden. Zweieinhalb Tage ohne Simone, zweieinhalb Tage ihre Stimme nicht zu hören, zweieinhalb Tage ohne zu wissen, was vorgefallen war. Aber er hatte bereits eine

Vermutung. Es war bestimmt zwischen dem Ehepaar zum Streit gekommen. Nun kam er ins Spiel. Jetzt lag es an ihm, die Situation geschickt auszunutzen. Jakob wollte Simones Freund und Helfer in der Not sein. Er wollte ihr das Gefühl geben, dass alles wieder in Ordnung käme. Jakob beschloss, obwohl Simone ihn gebeten hatte keine Blumen mehr zu schenken, ihr einen Blumenstrauß zur Versöhnung zu schicken. Er entschied sich für weiße Rosen, rote empfand er als zu aufdringlich.

Als am nächsten Morgen Adriana den Rosenstrauß vom Blumenkurier entgegen nahm, schüttelte sie nur den Kopf. Sie hatte Simone in einem desolaten Zustand angetroffen. Sie vermutete, dass Simone und Kurt sich wieder einmal mehr gestritten hatten. Simones Gesichtsausdruck sprach Bände. Adriana machte ihr einen starken Espresso und danach erledigte sie schweigend die Hausarbeit. Aber jetzt konnte sie den Mund nicht mehr halten. Sie streckte Simone den Rosenstrauß entgegen: »Der wurde für dich abgegeben.« In Simones Augen flackerte ein kleiner Hoffnungsschimmer. Weiße Rosen! Vielleicht hatte Kurt ihr die Blumen geschickt. Wortlos nahm sie den schönen Strauß entgegen und las die Karte. Enttäuscht zerriss sie die Karte. Adriana beobachte besorgt ihre Freundin und setzte sich neben sie auf das Sofa. »Willst du mir erzählen, was geschehen ist, cara mia?« Simone schüttelte abweisend den Kopf. Sie sagte nur: »Bitte entsorge die Rosen oder nimm sie mit nach Hause. Ich will sie nicht!« »Sind die Blumen von Jakob?« Simone nickte. »Wo ist Kurt? Ich habe gesehen, dass sein Bett unberührt ist.« »Adriana, ich will nicht darüber reden! Ist das so schwierig zu verstehen?«»Schon gut, entschuldige. Ich sehe doch, wie schlecht es dir geht. Manchmal hilft reden. Ich verspreche dir, dass ich diesmal keine Moralpredigt halten werde.« Sie tätschelte Simones Oberschenkel. »Also gut. Ich will nur so viel dazu sagen. Kurt und ich haben uns gestern gestritten. Er ist wütend, weil ich ihm verheimlicht habe, dass ich mich ab und zu mit Jakob getroffen habe. Er glaubt mir anscheinend nicht, dass Jakob und ich nur Freunde sind. Deshalb hat er die Nacht auswärts verbracht.« Adriana blickte Simone mit großen Sorgenfalten an. Sie bemühte sich nach aufmunternden Worten: »Das renkt sich bestimmt wieder ein. Manchmal tut es gut, etwas auf Distanz zu gehen, um die Dinge dann von einer anderen Sichtweise besser betrachten zu können.« »Ich will die Freundschaft mit Jakob beenden. Ich werde ihn am Mittwoch treffen, um ihm zu sagen, dass ich im Moment keinen Kontakt mehr zu ihm haben möchte.« »Sehr gut, ja mach das! Ich backe jetzt einen Schokoladenkuchen und sollte Kurt am Abend nach Hause kommen, wird er sich bestimmt auf die süße Überraschung freuen.« »Danke Adriana, du bist die Beste!« »Ich weiß!«, scherzte sie und war froh, dass Simone ein halbwegs kleines Lächeln über ihre Lippen brachte.

Simone konnte nicht schlafen. Sie wälzte sich hin und her. Der Streit mit Kurt machte ihr diesmal sehr zu schaffen. Dass sie ihn derart verletzt hatte, tat ihr leid. Das wollte sie nicht. Wie dumm sie doch gewesen war! Sie hätte von Anfang an von Jakob erzählen sollen. Aber im Nachhinein war man immer klüger. Sie spürte, dass sie diesmal eindeutig zu weit gegangen war und Kurt ihr nicht mehr so schnell verzeihen würde. Deshalb fasste sie einen Entschluss. Sie setzte sich an den Schreibtisch und schrieb Kurt einen langen Brief. Als sie sich all ihre Gefühle und Sorgen von der Seele geschrieben hatte, konnte sie endlich einschlafen. Am nächsten Morgen ging Simone guten Mutes zum üblichen Tagesablauf über. Sie machte ihre täglichen Gymnastikübungen, setzte sich ans Klavier und spielte ihre Lieblingstücke. Danach las sie die Zeitung und studierte die Musikkritiken. Nachdem sie die wichtigsten Nachrichten gelesen hatte, suchte sie sich neue und anspruchsvolle Klavierstücke aus. Sie hegte den Plan, ab Herbst Klavierunterricht zu geben. Es war wirklich an der Zeit, wieder als Klavierlehrerin tätig zu werden. Kurt würde sich bestimmt freuen. Er hatte extra ein Musikzimmer einrichten lassen. Wie gut er doch zu ihr war. Es tat ihr weh, wenn sie an ihn dachte. Er fehlte ihr und sie vermisste ihn. Da kam ihr der Brief in den Sinn, den sie letzte Nacht geschrieben hatte. Am Nachmittag würde sie zur Post gehen. Zuerst hatte sie die Absicht gehabt, den Brief persönlich in Kurts Firma abzugeben in der Hoffnung ihn dort anzutreffen. Aber dann verließ sie der Mut und beschloss, das Schreiben per Post zu versenden. Später würde sie Jakob im Café treffen. Sie wusste, dass Jakob von ihrer Entscheidung nicht begeistert sein würde, aber wenn er wirklich ein Freund war, wie er immer wieder beteuerte, dann würde er ihren Entschluss verstehen und akzeptieren.

Pünktlich um 16 Uhr betrat Simone das kleine Café. Jakob war bereits dort und kam ihr freudestrahlend entgegen. Sie begrüßten sich mit zwei Küsschen links und rechts und nahmen dann wie gewohnt am Tisch in der hinteren Ecke Platz. Jakob betrachtete Simone eingehend. Sie sah nicht gut aus. Das Make-up konnte die dunklen Augenringe nicht verdecken. Er fragte einfühlsam: »Wie geht es dir?« Simone wollte nicht lange um den heißen Brei reden und kam gleich zur Sache: »Jakob wir werden uns eine Zeitlang nicht mehr sehen. Ich habe beschlossen, den Sommer in der Toskana zu verbringen. Kurt wird später dazu kommen. Wir sollten meiner Ehe wegen auf Distanz gehen. Deshalb bitte ich dich, mich künftig nicht mehr anzurufen. Auch werden wir uns nicht mehr treffen.« Das war für Jakob ein harter Schlag ins Gesicht. Alles andere hatte er sich vorgestellt, nicht aber diese Worte, die sich wie Peitschenhiebe anfühlten! Simone verzog keine Miene. Jakob griff mit zitternder Hand zum Glas und nahm einen großen Schluck Wasser. In seinem Kopf hämmerte es. Vorsichtig fragte er: »Wann wirst du abreisen?« »Nächsten Sonntag.« Simone senkte den Kopf. Sie konnte nicht mitansehen, wie sich Jakobs Miene mit jeder Sekunde veränderte. Von Traurigkeit bis zum Entsetzen. Sie spürte, wie hart ihn die Nachricht getroffen hatte. In Jakobs Kopf rasten die Gedanken. Er überlegte, wie er einen Aufschub der Abreise erzwingen konnte. Er biss sich energisch auf die Lippen. Plötzlich kam ihm eine Idee! Er erwiderte so ruhig wie möglich: »Okay, ich akzeptiere deinen Wunsch, wenn auch schweren Herzens. Ich mag dich sehr Simone. Du bist mir eine liebe Freundin geworden. Ich habe dir so viel über mich verraten, was ich bisher noch keiner Frau erzählen konnte. Ich habe eine Bitte. Ich möchte dich gerne bis ins Tessin begleiten. Ich habe noch

Urlaub und will ihn im Ferienhaus meiner verstorbenen Tante verbringen. Wenn ich dich ein Stück begleiten darf, musst du den langen Weg nach Italien nicht alleine fahren. Das wäre doch schön. Und dann verabschieden wir uns. Ich werde dich nicht mehr anrufen. Ich überlasse es dir, wann du mich wiedersehen willst.« Sein Herz pochte. Er blickte Simone beinahe flehentlich an. Simone überlegte lange. War das eine gute Idee mit Jakob bis ins Tessin zu fahren? Sie fragte: »Kannst du denn so kurzfristig Urlaub nehmen?« »Ja, zurzeit ist im Geschäft nicht viel los und ich habe noch so viele Überstunden, die ich abbauen muss.« Simone haderte mit sich und fragte weiter: »Wie kommst du dann wieder nach Hause?« »Ach, mach dir deswegen keine Gedanken. Ich nehme den Zug.« Simone fühlte sich hin und her gerissen und zu schwach, Jakobs Bitte abzuschlagen. Deshalb erwiderte sie zögerlich: »Also gut, wir fahren mit meinem Wagen bis ins Tessin. Ich setze dich dort ab und werde dann gleich weiter nach Italien in die Toskana reisen. «Jakob wäre am liebsten vor Freude in die Luft gesprungen, doch er zügelte seine Gefühle und antwortete: »Das freut mich sehr! Du wirst sehen, das wird eine kurzweilige Fahrt.« Sie vereinbarten, sich am Sonntagmorgen früh vor Simones Haus zu treffen. Sollte Kurt unerwartet nach Hause kommen, was Simone jedoch nicht annahm, könnte sie Jakob immer noch absagen.

Jakob eilte nach Hause. Es gab einiges zu erledigen. Zuerst musste der den Urlaubsantrag ausfüllen. Sein Chef verlangte strikt, dass Urlaub mindestens zwei Wochen im Voraus angekündigt werden musste, um eine Stellvertretung sicherstellen zu können. Aber in Jakobs Fall handelte es sich um einen Notfall, er schrieb auf den Antrag: Außergewöhnliche familiäre Angelegenheit. Als nächstes suchte er im Internet nach einem Ferienhaus im Tessin. Er wurde nur so von Angeboten überschwemmt. Er schloss alle bekannten Ferienorte aus. Endlich kam er seinem Ziel etwas näher und bekam einen besseren Überblick. Zum Glück war er vor Jahren schon einmal im Tessin gewesen und kannte sich ein wenig aus. Er suchte nach kleinen Dörfern in abgelegenen Tälern. Zufällig entdeckte er ein Inserat von einem Ferienhaus im typischen Tessiner Baustil im *Valle di Muggio*. Der Ort wurde wegen seines traditionellen Charmes und wegen der noch unberührten Landschaft gerühmt. Das sprach Jakob an. Er wählte sofort die angegebene Nummer und erreichte glücklicherweise die Vermieterin. Nach einem zehnminütigen Telefongespräch war die Sache geritzt. Jakob hatte das Haus für zwei Wochen gebucht. Er musste nur noch die Anzahlung überweisen. Was für ein Glück, dass das Haus noch frei war und die Vermieterin Deutsch sprach. Als letztes musste er nur noch im Altenheim vorbei gehen, um sich von seiner Mutter zu verabschieden. Das konnte er in aller Ruhe am Samstag noch erledigen. Nun stand der Reise nichts mehr im Weg. Jakob war zufrieden. Und sollte sein Chef den Urlaub nicht bewilligen, er würde trotzdem gehen. Für Simone würde er sogar riskieren, seinen Job zu verlieren. Endlich war seine Zeit gekommen! Endlich hatte er seine Traumfrau gefunden! Und niemand würde ihn aufhalten, seinen Traum in die Wirklichkeit umzusetzen.

Kurt hatte sich immer noch nicht bei Simone gemeldet und auch nicht auf ihren Brief reagiert. Simone hatte nichts anderes erwartet. Sie gab Adriana Bescheid, dass sie am Sonntag in die Toskana reisen würde, um dort den Sommer zu verbringe. Adriana konnte Simone gut verstehen. Was wollte sie auch alleine im großen Haus. Bald begannen die Sommerferien. Auch Adriana wollte mit ihrer Tochter und ihren Enkelkindern ans Meer reisen. Dann wäre Simone wirklich alleine. Und Simones Stolz ließ es nicht zu, zu ihren Eltern zu fahren. Adriana half ihr beim Koffer packen. Zaghaft fragte sie: »Weiß Kurt Bescheid, dass du in die Toskana verreisen wirst?« Simone reagierte etwas eingeschnappt. Wie konnte Adriana nur denken, dass sie Kurt nicht informiert hatte? »Selbstverständlich! Was soll diese Frage?« Adriana sagte vorsichtshalber nichts mehr. Nach einigem Stillschweigen wagte sie doch noch zu fragen: »Rufst du mich an, wenn du im Ferienhaus angekommen bist? Das würde mich freuen und auch beruhigen.« »Ich werde mich sobald ich angekommen bin bei dir melden, das verspreche ich dir.« Als sie mit Packen fertig waren, sagte Simone: »So, alles ist vorbereitet. Du kannst jetzt nach Hause gehen. Danke Adriana, ich brauche dich nicht mehr.« Adriana war nicht entgangen, dass Simone niedergeschlagen war. Dass Kurt sich immer noch nicht bei ihr gemeldet hatte, machte Simone sehr zu schaffen. Adriana umarmte ihre Freundin und streichelte ihr liebevoll über den Rücken. Sie flüsterte: »Kurt wird zu dir nach Italien kommen. Lass ihm einfach noch etwas Zeit. Ich wünsche dir eine gute Reise und pass bitte auf dich auf.« Es war eine Wohltat für Simones Seele. Was würde sie bloß ohne Adriana tun. Wieder kullerten Tränen über Simones Gesicht. Sie gab Adriana einen dicken Kuss und verabschiedete sich von ihr. Sie wollte jetzt allein sein. Sie winkte ihr nach und warf sich dann auf das Bett. Ohne Kurt fühlte sie sich einsam und verlassen. Als ihr in den Sinn kam, dass Jakob sie bis ins Tessin begleiten würde, war sie plötzlich froh darüber.

»Herr Wiederkehr, ein dringender Anruf für Sie!« »Ich habe doch gesagt, dass ich nicht gestört werden möchte!« »Ja ich weiß, aber es handelt sich um einen Wasserschaden bei Ihnen zu Hause. Die Hausangestellte möchte mit Ihnen sprechen«, erwiderte Kurts Assistentin. »Danke, bitte stellen Sie durch.« Kurt hoffte, dass es nicht Simone war, die sich als Adriana ausgab. »Ja, was ist denn los?« »Herr Wiederkehr bitte entschuldigen Sie, dass ich Sie bei der Arbeit störe, aber ich mache mir große Sorgen um Simone. Ich versuche sie seit zwei Tagen telefonisch zu erreichen. Weder auf ihrem Handy noch auf der Festnetznummer vom Ferienhaus in der Toskana kann ich Ihre Frau erreichen. Ich habe Giovanni, den Nachbarn gebeten, nach ihr zu schauen. Aber anscheinend ist Simone nicht im Ferienhaus angekommen. Sie hatte mir versprochen, sich bei mir zu melden sobald sie ankommt. Herr Wiederkehr da stimmt etwas nicht! Das fühle ich. Haben Sie etwas von Ihrer Frau gehört?« Adriana war außer Atem, so schnell hatte sie gesprochen. »Was hat das mit dem Wasserschaden zu tun?«, fragte Kurt etwas genervt. »Das war doch nur ein Vorwand, um mit Ihnen zu sprechen! Bei Ihnen zu Hause ist alles in Ordnung.« Kurt dachte nach. Erst jetzt fiel ihm auf, dass er seit zwei Tagen nichts mehr von Simone gehört hatte. Sie hatte bis dahin jeden Tag versucht, ihn telefonisch zu erreichen. Er hatte sich dabei nichts gedacht, weil er vermutete, dass Simone nun endlich begriffen hatte, dass er sie nicht zu sprechen wünschte. Den Brief, den sie ihm geschickt hatte, hatte er noch nicht gelesen. Deshalb war er etwas überrascht, dass sich Simone angeblich in der Toskana aufhalten sollte. »Wann ist Simone abgereist?«, fragte Kurt. »Am Sonntagmorgen. Aber das sollten Sie doch wissen!« Kurt überhörte Adrianas spitze Bemerkung und erwiderte gelassen: »Vielleicht hat sie irgendwo einen Zwischenhalt gemacht. Machen Sie sich keine Sorgen. Und nun entschuldigen Sie mich bitte. Ich muss eine wichtige Sitzung vorbereiten. Sollte ich etwas von Simone hören, werde ich Sie benachrichtigen.« Ohne eine weitere Antwort von Adriana abzuwarten, legte Kurt den Hörer auf. Er versuchte sich auf die Arbeit zu konzentrieren, doch es gelang ihm nicht so richtig. Ständig dachte er an Simone. Er nahm sich vor, nach der Arbeit ihren Brief zu lesen. Vielleicht erfuhr er aus dem Schreiben wichtige Details zur Reise in die Toskana. Adriana hingegen war entrüstet. Wie konnte Kurt nur so gelassen reagieren? Das machte sie rasend. Sie griff wieder zum Hörer und wählte die Nummer von Simones Eltern. Vielleicht wussten diese mehr. Doch Simones Mutter war völlig überrascht. Sie hatte keine Ahnung, dass ihre Tochter in die Toskana verreisen wollte und machte sich gleich große Sorgen. Sie war froh, dass Adriana sie benachrichtigt hatte und die beiden Frauen vereinbarten, in Kontakt zu bleiben und sich gegenseitig zu informieren, falls sie etwas von Simone hören würden. Wieder klingelte das Telefon. Kurt nahm den Hörer ab: »Was ist denn jetzt schon wieder?« »Entschuldigen Sie bitte, aber diesmal möchte ihre Schwiegermutter mit Ihnen sprechen. Sie ist völlig aufgelöst und sprach von einem Notfall«. »Danke, ist gut. Stellen Sie durch.« »Liebste Schwiegermutter, ich weiß nicht, wo sich Simone aufhält.« »Kurt, ich finde das nicht lustig! Ich mache mir ernsthafte Sorgen um Simone! Ich kann sie nirgends erreichen. Das ist ungewöhnlich! Was wirst du unternehmen?« Kurt atmete tief durch, bevor er sarkastisch eine Gegenfrage stellte: »Was soll ich denn deiner Meinung nach unternehmen?« »Habt ihr euch wieder gestritten? Ist Simone deshalb nach Italien gefahren?« Kurt befürchtete, dass es sich um ein längeres Telefongespräch handeln könnte. Kurz und knapp erwiderte er: »Deine Tochter ist wieder einmal einen Schritt zu weit gegangen. Deshalb bin ich für ungewisse Zeit ausgezogen und deshalb weiß auch ich nicht, wo sich deine Tochter aufhält, weil ich jeglichen Kontakt mit ihr abgebrochen habe. Für weitere Informationen wende dich bitte an Adriana oder direkt an Simone. Ich kann dir leider nicht weiter helfen. Und nun muss ich mich wieder meinen Geschäften zuwenden. Schönen Tag noch.«

Bevor Kurt zu Bett ging, las er Simones Brief, in dem sie ihm schrieb, dass es ihr unendlich leid tue, ihn verletzt zu haben. Sie werde die Freundschaft mit Jakob beenden. Sie wolle ihre Ehe nicht aufs Spiel setzen. Und dass sie am Sonntag in die Toskana verreise und hoffe, dass er bald zu ihr nach Italien kommen und ihr verzeihen würde.

Sie wünsche sich von Herzen einen Neuanfang. Kurt las die Zeilen immer wieder durch. Waren die Worte ehrlich gemeint? Oder war es nur eine Stimmungsschwankung, in der sich Simone selbst bemitleidete? Kurt legte den Brief zur Seite. Er fühlte sich elend. Simone fehlte ihm, doch gleichzeitig war er immer noch wütend auf sie. Er fühlte sich betrogen, obwohl er ihr glaubte, dass sie mit Jakob keine Affäre hatte. Doch durch ihr Verhalten war das wenige Vertrauen, das er noch gehabt hatte, verloren gegangen. Bestand überhaupt noch Hoffnung für ihre Ehe? Wie sollte er ihr jemals wieder vertrauen können? Oh, wie er dieses Gefühlschaos hasste! Er brauchte noch Zeit und vor allem Abstand. Simone musste eine Zeitlang ohne ihn auskommen. Die Zeit würde es zeigen, ob sie noch eine Chance auf eine gemeinsame Zukunft haben würden. Kurt entschied, dass er am Wochenende wieder nach Hause gehen würde, da Simone ja jetzt in der Toskana war. In seinen eigenen vier Wänden würde er sich besser fühlen. Das Hotelleben war nichts für ihn. Er ahnte, dass es nicht einfach werden würde wieder nach Hause zu kommen, weil das Haus ohne Simone nicht sein Zuhause war. Aber da musste er jetzt einfach durch. Er wollte wieder lernen, seine Gefühle unter Kontrolle zu haben – so wie früher.

Kurt zog bereits am nächsten Tag wieder zuhause ein. Er hielt es im Hotel nicht mehr aus. Er war ziemlich überrascht, als er Adriana in der Küche antraf. »Was machen Sie denn hier?« fragte er leicht verärgert. Er wollte seine Mittagspause in Ruhe verbringen. Adriana wühlte hoch konzentriert im Abfallsack herum. Dann endlich hatte sie gefunden, wonach sie gesucht hatte. Triumphierend hielt sie ein zerknittertes Blumenpapier in der Hand. »Sind Sie nicht mehr bei Trost! Was soll diese Unordnung?« »Gut, dass Sie da sind Herr Wiederkehr! Ich mache mir wirklich ernsthafte Sorgen um Ihre Frau! Ich habe immer noch nichts von ihr gehört, deshalb bin ich hergekommen in der Hoffnung, Simone zu Hause anzutreffen. Es hätte ja sein können, dass sie wieder zurückgekommen ist. Aber leider ist sie nicht hier und ihr Wagen ist auch nicht in der Garage, alles ist noch genauso, wie ich es hinterlassen habe. Dann ist mir plötzlich in den Sinn gekommen, dass Simone wieder Blumen bekommen hat. Deshalb wühle ich im Abfall herum. Ich will Jakobs Adresse herausfinden.« Sie schaute Kurt mit großen besorgten Augen an. Er verstand nur Bahnhof. »Setzen Sie sich. Bitte erzählen Sie mir der Reihe nach, weshalb Sie sich so große Sorgen um Simone machen.« Adriana ließ sich, wie ein kleines Kind zum Sofa führen. Kurt nahm ihr gegenüber Platz und sah sie erwartungsvoll an. »Sie wissen ja, dass Simone sich ab und zu mit Jakob getroffen hat. Dieser sogenannte Freund geht mir nicht mehr aus dem Kopf. Simone hat mir von ihrem Vorhaben, in die Toskana zur verreisen erzählt, und auch, dass sie die Freundschaft mit Jakob beenden möchte. Sie beabsichtigte sich mit Jakob zu treffen, um ihm zu sagen, dass sie ihn nicht mehr sehen wolle. Was wäre, wenn Jakob die Nachricht schlecht aufgenommen hat und ausgerastet ist? Vielleicht hat er aus Wut und verletztem Stolz Simone etwas angetan?« Beim letzten Satz zitterte Adrianas Stimme. »Nun übertreiben Sie mal nicht!« Kurt stand auf und ging zum Fenster. Der weite

Blick über den Zürichsee verhalf ihm, Adrianas Befürchtungen zu überdenken. Er hatte ja selber ein komisches Gefühl gehabt, als er Jakob begegnet war. Die Art, wie er Simone angesehen hatte, gefiel ihm überhaupt nicht. Als ob sie sein Eigentum wäre! Und ihm gegenüber war er viel zu freundlich gewesen. Sein siegesbewusstes und aalglattes Lächeln löste bei Kurt Alarmglocken aus. Kurt drehte sich langsam um. Ihm war plötzlich kalt. Heute war es schon Donnerstag. Seit ihrer Abreise, hatte sie sich weder beim ihm, bei Adriana noch bei ihren Eltern gemeldet. Das war zweifellos ungewöhnlich. »Haben Sie die Adresse von diesem Mistkerl?« Adriana schüttelte den Kopf. »Aber ich habe die Adresse vom Blumenkurier gefunden!«, sagte sie. »Vielleicht kann der Kurier oder die Polizei uns weiter helfen.« »Die Polizei?«, fragte Kurt verblüfft. »Ich denke, wir sollten die Polizei benachrichtigen. Ihre Schwiegermutter wollte bereits eine Vermisstenanzeige aufgeben. Doch ich war der Meinung, dass wir zuerst hier nach Simone suchen und Sie darüber informieren sollten. Schließlich sind Sie ihr Ehemann.«

Kommissar Felber versuchte Simones Mutter zu beruhigen. Doch das war ein hoffnungsloses Unterfangen. Sie war völlig aufgelöst und beschuldigte immer wieder Kurt. Durch sein störrisches Verhalten habe er Simone in die Arme eines Irren getrieben! Nachdem Kurt die Polizei sowie die Schwiegereltern angerufen hatte, trafen alle hintereinander bei ihm zu Hause ein. Kommissar Felber war so freundlich gewesen, bei Kurt persönlich vorbei zu kommen, anstatt ihn auf das Polizeirevier zu beordern. Kurt ließ die Attacken seiner Schwiegermut-

ter stoisch über sich ergehen. Er konnte nur erahnen in welchem Schock- und Angstzustand sie sich befinden musste. Nicht vor langer Zeit wollte sich Simone das Leben nehmen und jetzt waren vier Tage vergangen, ohne eine Nachricht von ihr. Adriana war so lieb gewesen und hatte für alle Kaffee gekocht. Mit Arbeit konnte sie sich am Besten ablenken und der Kommissar wollte ohnehin zuerst mit Kurt und danach mit Simones Eltern reden. Er würde Adriana erst am Schluss, wenn er sich ein erstes Bild von der ganzen Situation gemacht hatte, befragen.
»Also kurz zusammengefasst, Sie gehen davon aus, dass Ihrer Frau während der Reise in die Toskana etwas zugestoßen sein muss oder dass ein sogenannter Jakob, dessen Nachname unbekannt ist, etwas mit dem Verschwinden ihrer Frau zu tun haben soll. Sie gehen auch davon aus, dass Ihre Frau sie nicht verlassen wollte, weil sie vor der Abreise einen Brief geschrieben hat, in dem sie um einen Neuanfang bittet und hofft, dass Sie ihr ins Ferienhaus nach Italien folgen.« Kommissar Felber machte eine Pause. Er blickte jeden eingehend mit einem Röntgenblick an. »Welchen Brief?«, wollte Simones Mutter aufgeregt wissen. Kurt hatte keine Lust darauf zu antworten, denn er wusste, dass die Schwiegermutter ihn zurechtweisen würde, weil er den Brief nicht sofort gelesen hatte. Anstelle von Kurt antwortete der Kommissar: »Das ist eine Angelegenheit zwischen Herrn und Frau Wiederkehr.« Kommissar Felber spürte, dass er in ein Wespennest getreten war. Um die Ehe der Wiederkehrs stand es nicht gut. Das kam während der Befragung eindeutig zum Vorschein. Plötzlich verreist die Ehefrau nach Italien nach-

dem der Ehemann erfahren hat, dass sie sich mit einem Mann namens Jakob in freundschaftlicher Absicht trifft. Für Kommissar Felber war ganz klar, dass er zuerst innerhalb des Familienkreises ermitteln musste. Er konnte Kurt noch nicht so richtig einordnen. Gehörte er zur Sorte *betrogener, besorgter* oder *gleichgültiger Ehemann*? Hatte er mit dem Verschwinden seiner Ehefrau sogar selbst etwas zu tun? Vielleicht hatte es einen heftigen Streit zwischen dem Ehepaar gegeben, als er von Jakob erfuhr? War Kurt vor Eifersucht ausgerastet und hatte für einen Moment die Kontrolle verloren? Es kam oft vor, dass der Ehemann eine Vermisstenanzeige aufgab, um von sich abzulenken. Kommissar Felber war ein erfahrener Ermittler, und er konnte oft aus seinen Befragungen unmittelbar die richtigen Schlüsse ziehen. Als erstes leitete er eine Autokennzeichenfahndung sowie eine Kreditkartenabfrage ein und dann wollte er unbedingt mit diesem ominösen Jakob sprechen. Aber zuerst würde er sich die Hausangestellte vorknöpfen. Sie machte auf ihn einen vernünftigen und gewieften Eindruck. Im Gespräch hatte er erfahren, dass sie eine gute und enge Freundin von der Vermissten war. Sie könnte ihm sicher hilfreiche Informationen über die Ehe der Wiederkehrs liefern.

»Möchten Sie, dass ich über Nacht hier bleibe?« »Nein danke, ist schon gut. Gehen Sie nach Hause Adriana. Sie hatten einen langen und anstrengenden Tag.« »Ich habe Ihnen noch ein paar Häppchen vorbereitet.« Kurt saß am Tisch, ihm brummte der Schädel. Eigentlich war er lange und harte Verhandlungen gewohnt, aber die Befragung vom Kommissar ging ihm an die Nieren. »Darf ich Ihnen noch einen Rat geben, bevor ich gehe?« Kurt nickte nur. Er war müde und mochte keine weiteren Fragen mehr beantworten. »Bitte sprechen Sie mit Simone und senden Sie ihr positive Gedanken. Sie wird ihre Worte spüren, besonders wenn sie in Not sein sollte. Ich weiß, dass Sie das für esoterischen Quatsch halten. Aber es gibt sie, die Gedankenübertragung.« »Auch wenn Sie sich mit ihrem neuen Freund amüsiert?«, gab Kurt sarkastisch zurück. »Sie glauben doch nicht, dass Simone mit Jakob verreist ist!«, empörte sich Adriana. »Im Moment weiß ich nur, dass ich müde bin und schlafen will. Ich bin nicht mehr in der Lage, einen klaren Gedanken zu fassen, geschweige mit Simone Telepathie zu praktizieren.« »Gönnen Sie sich Ruhe. Ich komme morgen wieder. Gute Nacht Herr Wiederkehr.« Gute Nacht Adriana. Und danke.« Adriana lächelte Kurt aufmunternd zu. Einen Dank von ihm zu hören, war eine Seltenheit. Ihm musste es wirklich schlecht gehen, aber das wollte er sich ihr gegenüber nicht eingestehen.

Kurt blieb am nächsten Tag zu Hause. Er konnte seine Arbeit auch von dort aus erledigen, obwohl er gedanklich überhaupt nicht bei der Sache war. Das vorherige Telefonat beschäftigte ihn zu sehr. Er hatte von Kommissar Felber erfahren, dass die Adresse des Auftraggebers des Blumenstraußes ausfindig gemacht werden konnte. Es war kein geringerer als Jakob. Kommissar Felber hatte Jakob gleich zu Hause aufgesucht, leider ohne Erfolg. Er war nicht dort. Der Kommissar hörte sich bei den Nachbarn um und hatte vernommen, dass Jakob seit ein paar Tagen nicht mehr gesehen wurde. Nach langem Hin und

Her rückte eine Nachbarin die Adresse von Jakobs Mutter heraus, die früher hier gewohnt hatte, aber wegen eines Schlaganfalles ins Altenheim musste. Die ersten Indizien ließen vermuten, dass Simone wahrscheinlich doch mit Jakob verreist war. Simones Kreditkarte wurde zuletzt am Sonntag in Bellinzona an einer Tankstelle benutzt. Ihr Wagen wurde jedoch noch nicht gesehen. Kommissar Felber teilte Kurt mit, dass er am Nachmittag Jakobs Mutter aufsuchen würde. Vielleicht wisse sie ja, wo sich ihr Sohn aufhalte. Nachdem der Kommissar das Gespräch beendet hatte, nahm Kurt Simones Brief wieder zur Hand. Er las ihn noch einmal durch. Je länger er über ihre tief berührenden Worte nachdachte, umso weniger konnte er sich vorstellen, dass Simone mit Jakob weggegangen war. *Simone wo steckst du? Verdammt nochmal, melde dich! Ich mache mir Sorgen, alle machen sich Sorgen um dich.* Kurt lachte laut: »Ich drehe langsam durch. Nun versuche ich es doch mit Gedankenübertragung.« Er schob die Arbeitsmappe zur Seite, denn es hatte keinen Sinn mehr zu arbeiten, er konnte sich nicht konzentrieren. Er rief seine Assistentin an und bat sie, alle weiteren Termine abzusagen. Sein Stellvertreter solle die laufenden Geschäfte abwickeln. Danach wählte er die Nummer von Kommissar Felber. »Ja bitte?« »Ich bin jetzt absolut davon überzeugt, dass sich meine Frau in Gefahr befindet. Ich möchte, dass sie sofort eine Hausdurchsuchung bei diesem Kerl veranlassen. Vielleicht finden Sie irgendwelche Anhaltspunkte, wo sich meine Frau aufhalten könnte. Ich bin mir sicher, dass dieser Jakob meiner Frau etwas angetan hat.« »Aha, und woher kommt nun dieser abrupte Sinneswandel?«

»Weil ich die ganze Nacht nachgedacht und den Brief meiner Frau immer wieder gelesen habe. Wenn sie mich hätte verlassen wollen, hätte sie mir das gesagt oder wenigstens sich von ihren Eltern verabschiedet. Ohne ein Wort zu verschwinden, ist nicht ihre Art. »Obwohl ihre Frau Ihnen nicht immer alles erzählt hat?« »Ich kann es nicht erklären. Aber mein Gefühl sagt mir, dass da etwas nicht stimmt. Ich mache mir wirklich ernsthafte Sorgen!« »Okay. Lassen Sie mich weiter ermitteln. Dieser Mensch muss ja irgendwo arbeiten. Dort werden wir bestimmt hilfreiche Informationen erhalten. Bitte haben Sie etwas Geduld. Wir nehmen Ihre Vermutung sehr ernst und werden den Fall weiter verfolgen. Nun entschuldigen Sie mich. Eine wichtige Information ist soeben eingetroffen.«

Kurt wollte nicht mehr länger untätig herumsitzen. Sein Gefühl sagte ihm, dass etwas nicht stimmte: *Wenn dieser Mistkerl Simone etwas angetan hat, werde ich ihm alle Knochen brechen!* Es war ein Kinderspiel Jakobs Adresse heraus zu finden. Kurt hatte während des Telefongesprächs mit dem Kommissar zufällig mitgehört, wie ein Kollege im Polizeipräsidium im Hintergrund dessen Namen erwähnt hatte. Im Telefonverzeichnis der Stadt Zürich war nur ein *Jakob Peter Kribsche* aufgeführt. Nachdem Kurt sich die Adresse notiert hatte, eilte er zur Tür. In diesem Moment klingelte sein Handy. Sein Herz raste vor Aufregung, er hoffte, dass Simone am Apparat war. Kommissar Felber meldete sich mit aufgebrachter Stimme: »Was ich noch vergessen habe zu erwähnen, kommen Sie mir ja nicht auf die Idee, selbst Nachforschungen zu betreiben und lassen Sie sich nicht bei der Wohnung von Jakob blicken!«

Das städtische Altenheim brauchte dringend einen frischen Anstrich. Das Gebäude war, wie seine Heimbewohner, in die Jahre gekommen. Kommissar Felber gab sich einen Ruck und betrat die dunkle Eingangshalle. Stechender Desinfektionsmittelgeruch kam ihm entgegen. Die Heimleiterin erwartete ihn bereits. Sie führte ihn in den Aufenthaltsraum, der einen freundlicheren Eindruck machte. Große Fenster und bunte Bilder erhellten den Raum. Jakobs Mutter sass am Fenster. Der Kommissar bemerkte sofort, dass sie früher eine schöne Frau gewesen sein musste. Sie blätterte gelangweilt in einer Frauenzeitschrift. »Frau Kribsche, Sie haben Besuch. Ich habe Ihnen vorhin gesagt, dass ein Herr von der Polizei Sie sprechen möchte.« Jakobs Mutter blickte den Kommissar verstört an. Sie sagte zur Heimleiterin: »Ich habe nichts verbrochen, weshalb sollte ich mit der Polizei sprechen?« »Das wissen wir, dass Sie nichts angestellt haben. Dieser nette Herr möchte Ihnen nur ein paar Fragen stellen. Seien Sie doch bitte so freundlich und schenken Sie ihm einen Augenblick Ihrer Zeit.« Jakobs Mutter musterte den Kommissar argwöhnisch. Dann nickte sie und gab ihm ein Zeichen, dass er sich neben sie auf den Stuhl setzen solle. »Guten Tag, ich bin Kommissar Felber. Vielen Dank, dass Sie mir ihre wertvolle Zeit zur Verfügung stellen.« »Sehe ich so aus, als hätte ich hier viel zu tun? Was wollen Sie junger Mann?« Kommissar Felber lächelte. Er wurde von der Heimleiterin in Kenntnis gesetzt, dass Jakobs Mutter an Altersdemenz litt, aber durchaus bei guten Tagen bei klarem Verstand war. Sie schien heute einen guten Tag zu haben. »Sie sind die Mutter von Jakob?« »Ja, weshalb wollen Sie das wissen? Oh mein Gott, ihm ist doch nichts zugestoßen!« »Bitte machen Sie sich keine Sorgen. Ich möchte nur wissen, ob ihr Sohn verreist ist? Ich habe ihn zu Hause nicht angetroffen, denn ich sollte ihn in einer wichtigen Angelegenheit sprechen.« »Er hat doch nichts verbrochen?« »Auch das nicht. Bitte, wie gesagt, machen Sie sich keine unnötigen Sorgen. Können Sie mir sagen, wo ich Ihren Sohn finden kann? Ich muss dringend mit ihm sprechen!« »Lassen Sie mich nachdenken.« Kommissar Felber blickte Jakobs Mutter freundlich an. Er wusste, wenn er Druck ausüben würde, dann würde sie sich verschließen. Plötzlich hellte sich ihr Gesicht auf. »Ja, jetzt weiß ich es wieder. Er hat etwas von Urlaub erzählt. Aber wohin, wohin, wohin ...«. »Sehr gut. Sie haben mir bereits geholfen. Jetzt weiß ich, dass er verreist ist. Denken Sie in Ruhe nach. Vielleicht hat er das Meer oder die Berge erwähnt?« Jakobs Mutter blickte den Kommissar ratlos an. Sie gab sich alle Mühe, sich zu erinnern. Plötzlich kam die Erleuchtung, denn das Tiramisu Rezept in der Frauenzeitschrift half ihr auf die Sprünge. »In den Süden! Ja in den Süden, wo man Italienisch spricht, ist er verreist!« Voller Stolz strahlte sie über das ganze Gesicht. »Meinen Sie Italien? Vielleicht die Toskana?« Wieder blickte sie ihn verwirrt an. »Da bin ich mir nicht mehr so sicher. Toskana? Italien?« Sie stand ruckartig auf und schritt hin und her. Immer wieder murmelte sie: »Italien oder Toskana, Italien oder Toskana?« Dabei wurde sie immer nervöser. Der Kommissar stand auf und versuchte sie zu beruhigen:

»Ist schon gut. Sie haben mir wirklich sehr geholfen. Kommen Sie, setzen Sie sich wieder.« Doch Jakobs Mutter hörte dem Kommissar nicht zu. Sie schien für einen Moment lang in einer ganz anderen Welt zu sein. Sie starrte auf den Boden, während sie mit den Füßen gegen den Stuhl trat. Ein Pfleger kam angerannt und führte Jakobs Mutter in ihr Zimmer. Kommissar Felber musste sich vorerst mit den wenigen Informationen zufrieden geben. Er hätte gern noch etwas über Jakobs Person in Erfahrung gebracht. Er wandte sich an die Heimleitung, die musste ja für den Notfall Jakobs Telefonnummer und die Nummer des Arbeitgebers aufbewahren. Und tatsächlich! Heute war sein Glückstag, die Telefonnummer von Jakobs Arbeitgeber war hinterlegt. Im Wagen wählte er gleich die Nummer und vereinbarte mit Jakobs Vorgesetzten, der ziemlich überrascht war, dass ausgerechnet die Polizei mit Jakob sprechen wollte, einen Termin. Kommissar Felber entschied, mit den öffentlichen Verkehrsmitteln zu Jakobs Büro zu fahren. Er musste ans andere Ende der Stadt und während des Feierabendverkehrs wäre das mit dem Auto eine nervenaufreibende und langwierige Sache gewesen. Als er die Adresse von Jakobs Arbeitgeber notiert hatte, staunte er nicht schlecht. Das Büro befand sich am noblen *Zürichberg*! In derselben Gegend, wo Simone und Kurt Wiederkehr wohnten. Wenn das kein Zufall war! Als er nach einer Stunde mühsames Tram- und Busfahren völlig verschwitzt in der Buchhaltungskanzlei ankam, traute er seinen Augen nicht. Was hatte Kurt Wiederkehr hier zu suchen? Es waren erst drei Stunden vergangen, seit er mit ihm telefoniert hatte. Er hatte ihn gewarnt, nicht selbst Nachforschungen zu betreiben. Kommissar Felber wurde wütend. Er ging schnurstracks auf Kurt zu und fragte gereizt: »Was haben Sie hier zu suchen?« Kurt war ebenso überrascht den Kommissar anzutreffen. Denn er hatte gedacht, dass er ihm einen Schritt voraus war. Gefasst erwiderte Kurt: »Ich suche nach meiner Frau. Ist das ein Verbrechen?« »Wenn Sie meine Ermittlungen stören, dann ja! Wie sind Sie überhaupt an diese Adresse gelangt? Sie hätten mich umgehend darüber informieren sollen!« »Sie sind ja jetzt da. Ich hätte Sie schon noch angerufen, denn ich habe ein paar spannende Informationen von Jakobs Arbeitskollegin erfahren.« »Sie warten hier auf mich! Ich spreche jetzt zuerst mit Jakobs Vorgesetztem. Und danach informieren Sie mich über jedes Detail. Ich hoffe, dass ihr Alleingang keine Konsequenzen für Sie haben wird!« Mit ernster Miene folgte Kommissar Felber der Empfangsdame, die ihn zu Jakobs Vorgesetztem führte. Kurt nahm währenddessen beim Empfang Platz. Aber nach zwei Minuten stand er wieder auf. Er saß wie auf Kohlen. Am liebsten wäre er ins Auto gestiegen und Richtung Tessin gefahren. Aber er wusste, dass er dann Ärger bekommen würde. Er wollte den Kommissar nicht noch mehr reizen. Sie mussten miteinander arbeiten, nicht gegeneinander. Nervös schritt er auf und ab. Die Empfangsdame beobachtete ihn neugierig. Es hatte sich in der Kanzlei bereits herumgesprochen, dass die Polizei wegen Jakob hier war. In der Pausenecke wurde getuschelt und die Angestellten malten sich vergnügt dramatische Szenarien aus. »Endlich! Wir dürfen keine Zeit verlieren. Ich weiß jetzt, wo sich

Jakob aufhält!« Der Kommissar sagte nur: »Folgen Sie mir!« Er ging zügig voran. Kurt hätte ihm dieses schnelle Tempo nicht zugetraut, da der Kommissar nicht mehr der Jüngste war und sein Bauchumfang ließ vermuten, dass er nicht zu den sportlichen Typen gehörte. »Wo ist ihr Auto?«, wollte er immer noch verärgert wissen. »Gleich um die Ecke. Was haben Sie jetzt vor?« »Sie fahren mich zu meinem Wagen und erzählen mir, was Sie alles herausgefunden haben!« » Ich habe keine Lust mit Ihnen eine Stadtrundfahrt zu machen, während meine Frau irgendwo von einem Irren festgehalten wird! Ich fahre jetzt ins Tessin, ob es Ihnen passt oder nicht! Ich habe von Jakobs Bürokollegin erfahren, dass er in der Südschweiz ein Ferienhaus gemietet hat. Nachdem Jakob früher als sonst das Büro verlassen hatte, rief die Vermieterin an, weil sie vergessen hatte Jakob mitzuteilen, dass sie eine Kopie von seinen Ausweispapieren benötigte. Die umsichtige Kollegin, die den Anruf entgegen genommen hatte, notierte sich für weitere Rückfragen die Telefonnummer der Vermieterin.« »Und diese Nummer haben Sie bekommen?« »Ja, nachdem ich meinen ganzen Charme walten ließ.« »Aha und dank ihres unwiderstehlichen Charmes haben Sie auch die Adresse von Jakobs Arbeitgeber herausgefunden?« »So ist es. Jakobs Nachbarin hat sie mir, nachdem ich ihr geholfen hatte, ihre Einkaufstüten hochzutragen, verraten. Sie ist eine langjährige Freundin von Jakobs Mutter.« Der Kommissar schüttelte den Kopf. Dann sagte er barsch: »Zeigen Sie her. Ich rufe das Kommissariat an. Sie sollen die Adresse des Ferienhauses auskundschaften. Haben Sie zufälligerweise auch schon mit der Vermietern gesprochen?«»Nein, so weit bin ich noch nicht gekommen, weil ...«»Genug der Rede! Ich kann Sie ja verstehen, dass Sie besorgt sind. Hören Sie, was mir der Vorgesetzte über Jakob erzählt hat, passt so gar nicht in das Bild, wie Sie den Freund ihrer Frau beschrieben haben. Entweder hat dieser Mensch zwei Gesichter oder Sie sehen Gespenster und wollen es einfach nicht wahrhaben, dass Ihre Frau einen Geliebten hat!« Kurt blieb für einen Moment sprachlos. Was erlaubte sich dieser Kommissar! Doch er nahm sich zusammen und unterdrückte seine Wut. Gefasst erwiderte Kurt: »Eben, der Mistkerl hat zwei Gesichter. Auf der einen Seite spielt der den zurückhaltenden und einfühlsamen Freund und auf der anderen Seite will er seine unerfüllten Machtgefühle ausspielen. Zuerst gaukelt er Simone den sensiblen und verständnisvollen Freund vor und dann lockt er sie, wie eine hinterhältige Spinne in sein Netz und lässt sie nicht mehr los!« Der Kommissar sagte lange nichts. Zwischen den beiden Männern herrsche eine angespannte Stille. Nach einer Weile des Schweigens kramte Kommissar Felber sein Handy hervor und rief im Kommissariat an. In der Zwischenzeit holte Kurt den Wagen. Nachdem sich Kommissar Felber einige Notizen gemacht hatte, stieg er bei Kurt ein. Er dachte sich, dass es bestimmt angenehmer wäre mit Kurts schicker Limousine ins Tessin zu fahren, als mit seinem alten Dienstwagen. Aber zuerst wollte er mit der Vermieterin sprechen. Er wählte die Nummer. »Si, pronto?« »Frau Benedetti?« »Ja bitte, wer spricht da?« »Ah gut, dass ich Sie erreiche. Ich bin Kommissar Felber und sollte dringend mit Herrn Kribsche sprechen. Er hat bei

Ihnen ein Ferienhaus gemietet. Ich kann ihn leider auf seinem Handy nicht erreichen. Es handelt sich um einen Notfall.« »Herr Kribsche ist nicht hier.« »Wie, er ist nicht hier?« »Er ist nicht gekommen. Ich weiß auch nicht warum. Er hat alles bezahlt, ist aber nicht gekommen und ich habe auch keine Nachricht erhalten.« »Wann hätte er denn bei Ihnen eintreffen sollen?« »Er wollte am letzten Sonntag anreisen und zwei Wochen bleiben. Ich habe sogar für ihn eingekauft!« »Wissen Sie, ob er alleine kommen wollte oder mit seiner Ehefrau oder Freundin?« »Oh, nur er alleine. Denn ich wollte das Ehebett vorbereiten. Er aber bestand darauf, dass er im Gästezimmer schlafen wolle.« »Hat er vielleicht erwähnt, dass er Besuch bekommen würde?« »Nein, nicht das ich wüsste. Was ist denn passiert?« »Das kann ich Ihnen leider nicht sagen. Ich gebe Ihnen meine Nummer. Sollte Herr Kribsche doch noch auftauchen, bitte rufen Sie mich umgehend an. Es ist wirklich sehr dringend!« »Ja, das werde ich machen.« Nachdenklich steckte der Kommissar sein Handy in die Jackentasche. »Und?«, wollte Kurt ungeduldig wissen. »Jakob ist nicht im Ferienhaus. Ihre Frau ist nicht in der Toskana. Mist, wo stecken die beiden?« Kurt lief es eiskalt den Rücken hinunter. Er hörte nur noch, wie der Kommissar sagte: »Ich veranlasse einen Durchsuchungsbeschluss für Jakobs Wohnung!«

Kommissar Felber beschloss nach Bellinzona zu fahren. Er wollte die Videoüberwachungsbilder der Tankstelle anschauen. Vielleicht war irgendetwas Auffälliges zu beobachten. Er hatte bereits seine Tessiner Kollegen informiert. Zunächst wollte er nicht, dass Kurt ihn begleitete.

Doch schließlich kam er zu dem Schluss, dass er Kurt so besser unter Kontrolle haben konnte. Denn Kurt hatte ihm deutlich zu verstehen gegeben, dass er sich sonst alleine auf die Suche nach seiner Frau machen würde. Weder der Kommissar noch sonst jemand könne ihn davon abhalten! Zudem war es mit Kurts Auto angenehmer zu reisen. Erst in Bellinzona stand für ihn ein Dienstwagen zur Verfügung. Kommissar Felber wollte aber unabhängig sein. Er hatte keine Lust, die Zeit mit einem aufgebrachten Ehemann zu verbringen. Er entschloss sich, Kurt während der Fahrt ins Tessin klare Anweisungen zu geben. Er musste ihn davon überzeugen, dass die Polizei alles daran setzen werde, seine Frau zu finden. Nicht, dass Kurt noch auf dumme Gedanken kommen oder voreilige Entschlüsse fassen würde.

»Da! Das ist Simone!« Kurt ließ sich erschöpft auf den Stuhl fallen. Auf den Überwachungsbildern war zu erkennen, wie Simone an der Kasse bezahlte. Sie war alleine. Von Jakob war nichts zu sehen. Hinter ihr stand ein junger Mann mit dunklem Bart und langen Haaren. Vermutlich ein Motorradfahrer. Er trug schwarze Lederbekleidung und schwarze Stiefel. Auffällig war nur, dass der junge Mann es sehr eilig hatte. Er gab mit Handgebärden zu verstehen, dass die Dame an der Kasse schneller kassieren sollte. Simone drehte sich kurz zu ihm um und erklärte, dass die Zahlungsübermittlung etwas länger dauerte. Und dann sah man, wie Simone den Tankstellenshop verließ. Das Band wurde zum x-ten Mal abgespielt. Jedes kleinste Detail überprüft. Simones Gesicht wurde herangezoomt, um zu erkennen, welchen Gesichtsausdruck sie hatte. Wirkte sie ängstlich, eingeschüchtert, verzweifelt? Kurt brach es fast das Herz, als er Simone sah. Er gab sich alle Mühe, die Beherrschung nicht zu verlieren. Er spürte Kommissar Felbers mitfühlenden Blick. »Ich kann an ihrem Gesichtsausdruck nichts Außergewöhnliches erkennen«, sagte Kurt bereits zum dritten Mal. »Okay, wir machen eine Pause«, sagte der Kommissar. Zu seinen Kollegen gewandt: »Ich will mir nochmals die anderen Überwachungsbilder anschauen. Es muss doch irgendeinen Hinweis geben!« Kurt ging nach draußen. Er brauchte dringend frische Luft. Es waren bereits fünf Tage ohne jegliche Nachricht von Simone vergangen. Kurt sprach jeden Tag mit ihr und redete ihr Mut zu und versprach ihr, sie zu retten. Er fragte sich immer wieder, was geschehen war? Bei der Hausdurchsuchung von Jakobs Wohnung wurden keine hilfreichen Hinweise gefunden. Kommissar Felber war enttäuscht. Er hatte auf einen Treffer gehofft. Nichts war zu finden, das einen Hinweis auf das Verschwinden von Simone gab. Alles schien normal zu sein. Die Wohnung war sauber und aufgeräumt. Das einzige außergewöhnliche war, dass auf Jakobs Nachttisch ein Jugendfoto seiner Mutter stand. Kurt führte sich das Foto von Jakobs Mutter nochmals vor die Augen, das der Kommissar ihm wortlos gezeigt hatte, weil ihm etwas aufgefallen war. Plötzlich wurde Kurt schlagartig bewusst, weshalb der Kommissar ihm das Bild gezeigt hatte! Die Augen von Jakobs Mutters glichen frappant denen von Simone! Aber was hatte das zu bedeuten? Was sah Jakob in Simone? Seine Mutter war im Altenheim und so wie es den Anschein erweckte, liebte er sie über alles. Brauchte er einen Ersatz? Sollte Simone den Platz seiner Mutter einnehmen? Hatte sich Simone dagegen gesträubt? War Jakob Simone gefolgt, weil er es nicht ertragen konnte, dass sie ihm die Freundschaft gekündigt hatte? Es musste irgendetwas nach dem Tankstellenstopp geschehen sein! Kurt rannte zurück in den Videoüberwachungsraum und rief aufgeregt: »Er hat sie irgendwo zwischen hier und dem gemieteten Ferienhaus in seiner Gewalt! Ich bin mir ganz sicher!« »Wie kommen Sie denn jetzt darauf?«, fragte Kommissar Felber gähnend. Kurt erklärte ihm seinen Gedankengang und am Schluss sagte er: »Sie sind doch derselben Meinung, sonst hätten Sie mir das Foto von Jakobs Mutter nicht gezeigt!« »Ja, ich denke ungefähr in die gleiche Richtung. Ist leider aber noch kein Beweis, dass Jakob Ihre Frau in seiner Gewalt hat.« »Aber ich dachte, dass die Polizei jeder Spur nachgehen muss! Es geht hier um Leben und Tod! Meine Frau wird seit fünf Tagen vermisst!« Kommissar Felber stand auf, sein Rücken schmerzte vom langen Sitzen und Sichten der Videos. Er nahm Kurt beiseite und fragte ihn freundlich: »Wie stellen Sie sich das vor? Haben Sie mal auf die Karte geschaut, wie groß die Fläche ist, die wir absuchen müssten? Nicht mal mit tausend Polizisten und Spürhunden wäre das zu bewältigen.« »Ich habe Geld. Wir können Helikopter und die besten Suchtrupps engagieren, ich ...«, weiter kam Kurt nicht. »Jetzt beruhigen Sie sich! Ich habe bereits eine Suchmannschaft losgeschickt.« Kurt blickte den Kommissar verdutzt an: »Wieso erfahre ich das erst jetzt?« »Ich muss Ihnen keine Rechenschaft ablegen. Sobald ich mehr weiß, werde ich Sie schon noch rechtzeitig informieren. Ich sagte Ihnen bereits mehrfach, dass ich meine Arbeit auf meine eigene Art und Weise erledige!« Kurt setzte sich. Er hob zur Beschwichtigung seine Hände und gab sich für den ersten Moment geschlagen. Er hatte den Kommissar unterschätzt. Hinter der ruhigen Fassade steckte wohl mehr dahinter. Felbers Handy klingelte. »Ja, was gibt's?« Kurt beobachtete gespannt Felbers Miene. Dieser zog die Augenbrauen hoch. Kurt hörte wie er hastig fragte: »Wo?« Kurt sprang auf. Einer der Tessiner Polizisten hielt ihn entschlossen zurück. Knapp erklärte Kommissar Felber: »Simones Wagen wurde in einem Waldstück gefunden. Von ihr fehlt aber immer noch jede Spur.«

Die Tessiner Polizei machte sich gleich auf den Weg und die Spurensicherung wurde angefordert. Kommissar Felber fragte Kurt: »Wo haben Sie den Pullover von ihrer Ehefrau? Den benötigen wir jetzt für die Suchhunde.« Kurts Stimme zitterte leicht als er antwortete: »Im Wagen.« »Holen Sie ihn. Wir fahren jetzt mit dem Dienstwagen zur Fundstelle!«

Simones Auto wurde in einem verlassenen Waldstück gefunden. Der dortige Förster entdeckte ihn, während seines Rundganges. Das Nummernschild hatte ihn stutzig gemacht. Was hatte ein Auto aus dem Kanton Zürich in seinem Wald zu suchen? Hatte sich der Fahrer oder die Fahrerin verfahren? Und weshalb stand der Kofferraum des Wagens offen? Sein Jagdhund schnupperte neugierig herum und bellte laut, als er neben dem Wagen Blutspuren gefunden hatte. Daraufhin verständigte der Förster sofort die Polizei. Als Kommissar Felber und Kurt an den Fundort kamen, herrschte dort reger Betrieb. Die Spurensicherung sowie die Tessiner Polizei waren in vollem Einsatz. Zwei Spurenhunde warteten brav auf ihren Einsatz. Der Kommissar wies Kurt an, im Auto zu bleiben. Kurt leistete zu seinem Erstaunen keine Widerrede. Er wollte das Geschehen in Ruhe beobachten. Kurt war müde und ihm bangte davor, was noch kommen würde. Er sah, wie Kommissar Felber Simones Pullover einem Polizisten gab und wie er danach das Auto inspizierte. Ein hochgewachsener, muskulöser Mann sprach mit Kommissar Felber. Wahrscheinlich war er der Polizeichef der Tessiner Truppe. Plötzlich hörte Kurt lautes Hundegebell. Die zwei Hunde wurden losgebunden und sogleich nahmen sie die Fährte auf. Interessant war, dass die Hunde in jeweils gegensätzliche Richtung losstürmten. Jetzt hielt es Kurt doch nicht mehr aus. Er wollte aus dem Wagen steigen. Doch die Türen waren verriegelt. Wütend schlug Kurt auf das Armaturenbrett. Kommissar Felber hatte ihn, wie ein ungezogenes Kleinkind eingesperrt! Da drückte er entschlossen auf die Hupe. Er sah, wie Kommissar Felber zusammen zuckte. Wenn Blicke töten könnten, dann wäre er jetzt tot. Kurt seufzte tief. Er musste sich wohl oder übel in Geduld üben. Das Warten und dabei nichts tun zu können, machte ihn wahnsinnig. Obwohl bis auf ihn alle beschäftigt waren, hatte er das Gefühl, wertvolle Zeit zu verlieren. Dann endlich kam ein Polizist angelaufen und gestikulierte heftig mit den Händen. Er schien etwas Wichtiges mitzuteilen. Kurts Herz raste wild. Kommissar Felber kam mit raschen Schritten auf ihn zu und öffnete die Tür. »Sie dürfen jetzt aussteigen. Die Spuren sind gesichert.« Kurt blickte den Kommissar wütend an, hielt jedoch den Mund. Er lehnte sich gegen den Wagen und wartete auf eine Erklärung. Der Kommissar drückte kurz Kurts Arm. Eine ungewohnte Geste des Mitgefühls. Kurt schloss die Augen und atmete tief durch. Der Polizeichef winkte Felber zu sich. »Bin gleich wieder da.« Schnell eilte er zum Polizisten. Was Kommissar Felber zu hören bekam, versetzte ihn in großes Erstaunen. Alles hatte er erwartet, aber nicht diese Nachricht. Nachdenklich ging er zu Kurt zurück und teilte ihm mit, dass der Spürhund eine männliche Leiche gefunden habe. Nun müsse überprüft werden, ob das Blut, das der Hund neben Simones Wagen gewittert hatte, der männlichen Leiche zuzuschreiben sei. Kurt hielt sich einen Moment lang am Wagen fest. Er war beinahe dabei, den Verstand zu verlieren. Kommissar Felber folgte dem Polizeichef. Sie gingen zum Tatort, der nicht weit entfernt von Simones Wagen war. Was sie dort erwartete, war kein schöner Anblick. Ein Mann lag bäuchlings auf dem Boden. Seine Beine und Arme waren verrenkt. Am Hinterkopf klaffte eine große tiefe Wunde und Fliegen hatten bereits ihre ersten Larven abgelegt. Der Waldboden war mit Blut durchtränkt. Kommissar Felber hielt sich die Nase zu. Obwohl er schon lange bei der Polizei tätig war und viele Leichen gesehen hatte, konnte er den Leichengeruch immer noch nicht ertragen. Er vermutete, dass der Mann mit einem harten Gegenstand niedergeschlagen worden war. Schleifspuren zeigten, dass die oder der Täter das Opfer weggeschleppt hatte.

Es wurde bereits dunkel. Einige Polizisten gingen nach Hause. Ihr Dienst war getan. Die restliche Einheit wartete auf einen Hinweis des Suchtrupps, der immer noch nach Simone fahndete. Eine Polizistin brachte Kurt einen Becher Kaffee. Er nahm ihn dankbar an, denn er fühlte sich wie gelähmt. Der heiße Kaffee weckte seine Lebensgeister. Er setzte sich wieder in den Wagen und versuchte tief in sich hinein zu hören. Würde er es spüren, wenn Simone tot wäre? War das überhaupt möglich? Kommissar Felber klopfte an die Autoscheibe und deutete ihm auszusteigen. Seine Miene verriet nichts Gutes. Mit zitternden Knien mühte sich Kurt aus dem Auto. »Die Leiche konnte inzwischen identifiziert werden. Sie werden es kaum glauben, es handelt sich um Jakob.« Kurt ließ beinahe den Kaffeebecher fallen. Verdattert fragte er: »Sind Sie sicher?« »Ja! Das Blut neben dem Wagen stimmt mit den Blutwerten von Jakob überein. Das bedeutet ganz klar, dass ihre Ehefrau und Jakob gemeinsam unterwegs waren. So wie ich die Lage im Moment beurteilen kann, sieht es danach aus, als wollten ihre Frau und Jakob zum gemieteten Ferienhaus fahren. Wir suchen jetzt weiter nach Ihrer Frau. Auch wenn es die ganze Nacht dauern sollte. Das verspreche ich Ihnen.« Kurt fühlte sich elend. Hatte Simone ihn ein weiteres Mal angelogen? Sie wollte doch die Freundschaft mit Jakob beenden! Weshalb fuhr sie mit ihm ins Tessin? Sie hatte geschrieben, dass sie sich mit ihm in der Toskana treffen und neu beginnen wollte. Er schob seine Gedanken beiseite und hoffte, dass die Polizei Simone bald finden würde. Nur das zählte im Augenblick!

***

»Wenn ich geahnt hätte, wie schmal und kurvenreich die Straße ist, hätte ich dich in Bellinzona abgesetzt! Also wirklich Jakob, ich muss nachher noch weiter!« Simone war gereizt. Wie hatte sie sich nur auf diese dämliche Idee einlassen können, Jakob nach *Muggio* zu fahren, ein kleines Dorf, das sich im südlichsten Tal im Tessin befand. Jakob sagte nichts mehr. Ihm war die gute Laune vergangen. Simone sprach kaum mehr ein Wort mit ihm und schien mit den Gedanken ganz woanders zu sein. Dabei wollte er ihr doch nur Gesellschaft leisten. Natürlich hatte er gehofft, dass während der Reise wieder dieselbe und unbeschwerte Verbundenheit zwischen ihnen aufkeimen würde, wie zu Beginn ihrer wunderbaren Freundschaft. Aber Simone zeigte sich ihm gegenüber kalt und verschlossen. Jakob hatte sich die Fahrt harmonisch und romantisch vorgestellt. Er wollte Simone in eine kleine traditionelle Trattoria zum Risotto-Essen einladen. Aber Simone hatte keine Lust darauf und lehnte entschlossen ab. Sie hatte nur ein Ziel vor Augen: So schnell wie möglich in die Toskana zu kommen. Jakob war enttäuscht und das machte ihn wütend. Nur wegen ihr hatte er Urlaub genommen und sich das rustikale Ferienhaus einiges kosten lassen; auch in der Hoffnung, dass sie vielleicht eine oder sogar zwei Nächte bleiben würde. Er wollte ihr doch die malerische Landschaft und die verschiedenen Baumarten zeigen. Die Birken, Ulmen, Buchen und Kastanien und vor allem die zahlreichen Blumenarten, wie Alpenveilchen, Primeln, Enziane und Frauenmantel. Aber nein, sie starrte nur auf die Straße und hatte keine Augen für das malerische Tal. Auch der Klassik-CD, die er extra für sie ausgesucht hatte, schenkte sie keinerlei Beachtung. Er spürte, dass sie ihn loswerden wollte. Er beobachtete, wie sie immer wieder in den Rückspiegel schaute. Er drehte sich um, sah aber nichts. »Was ist denn bloß los mit dir? So habe ich dich noch nie erlebt?« Simone schaute konzentriert auf die Straße. Sie gab keine Antwort. Jakob ging ihr je länger je mehr auf die Nerven. Sein Bedürfnis nach Harmonie und traute Zweisamkeit strengten sie an. Die ganze Reise fühlte sich plötzlich falsch an. Sie konnte es kaum abwarten, Jakob im Ferienhaus abzusetzen, denn es war bereits 14 Uhr. Sie hatten auf der Autobahn viel Zeit verloren, weil sie wegen eines Verkehrsunfalls in einen Stau geraten waren. Simone drückte auf das Gaspedal. »Bitte fahr langsamer. Mir wird sonst von den vielen Kurven übel«, jammerte Jakob. Simone schenkte Jakob weiterhin keine Beachtung. Und dann ging alles sehr schnell! Wie ein schwarzer Pfeil kam ein Motorradfahrer aus der Kurve hervor geschossen und überholte Simones Wagen. Ein weiterer Motorradfahrer tauchte auf und folgte ihr. Der Motorradfahrer, der sie überholt hatte, versperrte ihr die Straße. Simone musste eine Vollbremsung hinlegen. Zum Glück waren Simone und Jakob angeschnallt, sonst wären sie auf die Frontscheibe gedonnert. Jakob wollte schon wütend rufen, da wurden die Wagentüren aufgerissen. Einer der beiden Motorradfahrer hielt Simone eine Waffe vor das Gesicht und er befahl ihr mit gebrochenem Deutsch, aus dem Auto zu steigen. Der andere Motorradfahrer zerrte Jakob aus dem Auto und befahl ihm auf Englisch, sich auf den Boden zu legen und Arme wie Beine auszustrecken. Aber Jakob dachte nicht im Geringsten daran, er ignorierte den Befehl des Motorradfahrers. Er hatte nur eines im Sinn! Er wollte schnellstens Simone zur Hilfe eilen. Als er sich flink umdrehte und loslaufen wollte, schlug der Motorradfahrer mit einem Baseballschläger auf Jakobs Hinterkopf. Dieser schrie vor Schmerz auf und fluchte fuchsteufelswild. Ein weiterer Schlag ließ Jakob verstummen. Er fiel wie ein Sack zu Boden. Simone war gezwungen, all das, während sie weiterhin mit einer Waffe bedroht wurde, fassungslos mitanzusehen. »Geld und Kreditkarte! « Simone konnte sich kaum bewegen. Sie war starr vor Schreck. Der Motorradfahrer stieß sie grob zum Kofferraum. »Du öffnen!« Simone zeigte auf den Autoschlüssel, der im Zündschloss steckte. Wütend schnappte er sich den Schlüssel und öffnete hastig den Kofferraum. Er nahm die Gepäckstücke heraus und suchte dort nach Geld und Wertsachen. Als er gefunden hatte, wonach er suchte, warf er die Reisetaschen und Koffer achtlos das steile Tobel hinunter. Simones Tagesrucksack schmiss er auf den Rücksitz des Wagens. Danach eilte er zu seinem Partner, der Jakob, wie ein Wachhund nicht mehr aus den Augen ließ. Zu zweit hievten sie ihn in den Kofferraum. Simone zitterte vor Angst am ganzen Körper, sogar ihre Zähne klapperten. Was hatten sie vor? Sie sah, wie einer der beiden Männer sein Motorrad im Wald versteckte. Dann packte er Simone und befahl ihr, sich in den Wagen zu setzen, bevor er wie ein Wahnsinniger los fuhr. Er beobachtete Simone im Rückspiegel. Simone wollte etwas sagen, aber ihr versagte die Stimme. »Wenn du machen, was wir sagen, dir nichts passieren!« Der andere Motorradfahrer folgte ihnen. Sie fuhren etwa eine halbe Stunde die schmale kurvige Straße durch das langgezogene Tal entlang. Dann bog er in einen Seitenweg ab. Der Weg war holprig und führte tief in den Wald. Simone schloss die Augen. Sie hielt es vor Angst nicht mehr aus. Tränen liefen ihr über das Gesicht. War das ihr Ende?

\*\*\*

Kurt konnte seine Tränen nicht mehr zurück halten. Der Anblick von Simone zerriss ihm beinahe das Herz. Sie sah so zerbrechlich aus. Ihre Haut war blass und die Augen geschlossen. Auf Zehenspitzen ging er zu ihr ans Bett und berührte sanft ihre Hand. Voller Zärtlichkeit blickte er sie an und eine Welle der Liebe überkam ihn. Behutsam beugte er sich über Simone und küsste sie sanft auf den Mund, dabei umklammerte er ihre Hand. Seine Kehle war zugeschnürt. Plötzlich spürte er, wie Simone zaghaft seine Hand drückte. Sein Herz schlug vor Freude und Aufregung. Zaghaft öffnete sie blinzelnd die Augen und als Simone Kurt erkannte, huschte ein erleichtertes Lächeln über ihre Lippen. Sie räusperte sich und flüsterte etwas Unverständliches. Kurt rückte näher zu ihr heran und hörte, wie sie leise wisperte: »Hast du mich gefunden?« »Nein mein Schatz, die Polizei hat dich gefunden. Aber ich war die ganze Zeit in deiner Nähe.« Sie nickte und erwiderte schwach: »Ich weiß, ich habe dich gespürt, als ich für einen kurzen Moment bei Bewusstsein war.« Berührt von ihren Worten, strich Kurt Simone zärtlich eine Haarsträhne aus der Stirn. Er war glücklich, dass

Simone noch am Leben war. Er hatte fast die Hoffnung aufgegeben, dass die Polizei Simone noch finden würde. Aber der Polizeisuchtrupp gab nicht auf und suchte während der ganzen Nacht weiter. Die Hunde hatten eine Fährte aufgenommen und schlussendlich in den frühen Morgenstunden, Simone in einer alten Hütte gefunden. Kurt hatte so viele Fragen. Aber er wusste, dass Simone noch nicht in der Verfassung war, all seine Fragen zu beantworten. Sie musste zuerst wieder zu Kräften kommen. Was sie erlebt hatte, würde nicht spurlos an ihr vorbei ziehen. Ein weiterer dramatischer Schicksalsschlag hatte sich in ihr Leben eingenistet. Sie brauchte dringend Ruhe. Es klopfte an der Tür. Die Krankenschwester trat ein und gab Kurt ein Zeichen, dass die Besuchszeit um war. Zum Abschied küsste er Simone zärtlich auf die Wange und sagte: »Deine Eltern und deine Schwester sind auf dem Weg. Sie werden dich noch heute Abend besuchen. Ich komme morgen wieder mein Schatz.« In dem Moment, wo er das Zimmer verlassen wollte, fragte Simone mit einem Zittern in der Stimme: »Was ist mit Jakob geschehen? « Kurt blieb wie angewurzelt stehen. Er hatte so gehofft, dass sie ihn nicht danach fragen würde. Er holte tief Luft und antwortete: »Das wirst du morgen erfahren. Du musst dich jetzt zuerst ausruhen.« Er huschte schnell aus dem Zimmer, bevor Simone etwas erwidern konnte.

Kommissar Felber erwartete Kurt ungeduldig auf dem Flur in der Privatklink von Lugano. »Wie geht es Ihrer Frau? Ist sie vernehmungsfähig?« Er stockte, denn Kurt sah sehr mitgenommen aus. Kurt schüttelte den Kopf und antwortete müde: »Sie ist noch sehr schwach. Bitte geben

Sie ihr noch etwas Zeit.« »Sie wollen doch auch, dass wir die Täter fassen. Je länger wir warten, umso geringer ist die Chance, sie zu erwischen.« »Ja ich weiß, aber Simone ist noch traumatisiert. Der Arzt wird Ihnen das bestätigen. Bitte geben Sie ihr noch bis morgen Zeit.« »Okay, aber morgen muss ich mit Ihrer Frau reden. Aus meiner langjährigen Erfahrung kann ich Ihnen sagen, dass es für die Betroffenen manchmal eine Erlösung ist, wenn sie mit einem Fremden über das Erlebte reden können.« Kommissar Felber schaute Kurt prüfend an und fragte: »Haben Sie Ihre Frau über den Tod von Jakob Kribsche informiert?« Als er Kurts Gesichtsausdruck sah, wusste er sofort Bescheid und fragte weiter: »Möchten Sie, dass ich es Ihrer Frau sage? Bei der Vernehmung müssen wir das Verbrechen sowieso thematisieren.« Vielleicht war es wirklich besser, wenn der Kommissar Simone über den tragischen Tod von Jakob aufklärte. Kurt wusste nicht, wie er Simone die Hiobsbotschaft schonend beibringen sollte. Dazu kam, dass er sich vor ihrer Reaktion fürchtete. Deshalb antwortete Kurt mit einem knappen Ja.

Als Kurt am nächsten Tag Simone im Krankenhaus besuchen wollte, hielt ihn die Krankenschwester davor ab, das Zimmer zu betreten. Sie erklärte ihm, dass seine Frau den Wunsch geäussert hätte, mit der Polizei zu sprechen. Daher holte sich Kurt am Kaffeeautomaten einen Cappuccino und setzte sich in den Besucherwarteraum. Er vermutete, dass das Gespräch zwischen Simone und Kommissar Felber eine Weile dauern würde.

Simone saß aufrecht im Krankenbett und blickte Kommissar Felber neugierig an. Sie fühlte sich heute wesentlich besser, obwohl sie während der ganzen Nacht kein Auge zugetan hatte. Albträume hatten sie geplagt. Erst nachdem ihr die Krankenschwester ein Beruhigungsmittel gegeben hatte, konnte sie ein paar Stunden schlafen. Ihre Gedanken kreisten ständig um Jakob. Sie wollte endlich wissen, was mit ihm geschehen war. »Frau Wiederkehr natürlich verstehe ich Ihre Besorgnis um Herr Kribsche. Ich möchte Ihnen nur eine kurze Frage stellen, bevor ich Sie über ihn informiere. Vorhin erzählten Sie, dass Sie mit Herrn Kribsche in Ihrem Auto unterwegs waren. »Weshalb?« »Ich war auf dem Weg in die Toskana und habe Jakob mitgenommen, weil er im Tessin ein Ferienhaus gemietet hatte. Ich wollte ihn in *Muggio* absetzen. Doch dazu kam es nicht ….« Simones Stimme versagte. Sie senkte den Kopf und kämpfte gegen die aufsteigenden Tränen. Als sie sich wieder etwas gefasst hatte sagte sie: »Bitte sagen Sie mir endlich, wie es Jakob geht! Ich halte diese Ungewissheit nicht mehr länger aus!« »Frau Wiederkehr, nur noch eine Frage. Wieso kam es nicht dazu?« »Weil wir auf der Fahrt von zwei Motorradfahrern überfallen wurden! Sie haben Jakob brutal niedergeschlagen und in den Kofferraum gesteckt. Es ging alles so schnell ….« Wieder stockte ihre Stimme. Sie sah elend aus. »Hier nehmen Sie einen Schluck Wasser. Ich weiß, es ist für Sie sehr anstrengend, darüber zu reden.« Simone nahm das Glas Wasser mit zitternden Händen entgegen. »Sie sagen, dass Sie von zwei Motorradfahrern überfallen wurden. Weshalb wurde Herr Kribsche niedergeschlagen?« »Er wollte mir zur Hilfe kommen, weil ich mit einer Waffe bedroht wurde. Jakob war außer sich! Da schlug ihm der andere Mann ohne Vorwarnung plötzlich mit dem Baseballschläger auf den Hinterkopf. Und als sich Jakob durch diesen Schlag immer noch nicht aufhalten ließ, bekam er gleich noch einen weiteren Schlag auf den Kopf und fiel reglos zu Boden.« Simone blickte den Kommissar erschrocken an. Sie fragte mit angsterfüllter Stimme: »Ist er tot?« Kommissar Felber nickte knapp. »Herr Kribsche wurde in einem abgelegenen Waldstück tot aufgefunden. Es tut mir leid, Ihnen diese Nachricht überbringen zu müssen.« Entsetzt erwiderte Simone: »Ich habe es die ganze Zeit befürchtet, wollte es aber nicht wahrhaben.« Es entstand eine lange Pause. »Wissen Sie, ob er sofort tot war?« »Die Obduktion hat ergeben, dass Herr Kribsche durch den zweiten Schlag auf den Hinterkopf das Bewusstsein verloren hatte. Er verstarb wahrscheinlich an der Fundstelle.« »Oh mein Gott! Er lebte noch! Sie haben ihn einfach im Wald liegen lassen! Was sind das für abscheuliche Menschen!« Nun konnte Simone ihre Tränen nicht mehr zurückhalten. Sie war erschüttert. Der Kommissar suchte nach Taschentüchern und fand auf dem Nachttisch eine Papiertuch-Box, die er ihr gab. »Ich muss Ihnen nun diese eine Frage stellen. In welchem Verhältnis standen Sie zu Herrn Kribsche?« Simone blickte den Kommissar verwirrt an. Sie stotterte: »Er war ein Freund.« »Danke Frau Wiederkehr. Wir machen jetzt eine kurze Pause. Danach will ich jedes Detail über die Täter wissen, an das Sie sich noch erinnern können. Bitte denken Sie gut nach. Jeder kleinste Hinweis kann für uns hilfreich sein. Sie müssen all Ihre Erinnerungen wachrufen und alle Bilder, die Sie vergessen wollten, wieder hervorrufen.«

»Haben Sie es ihr gesagt?« »Was?«, fragte Kommissar Felber mürrisch. Er wollte in Ruhe nachdenken, denn irgendwas geisterte vor seinem inneren Auge herum! Er musste sofort das Überwachungsvideo der Tankstelle anfordern. »Ach, tun Sie nicht so geheimnisvoll. Sie wissen genau, was ich meine!« Der Kommissar antwortete müde: »Was wollen Sie genau wissen? Ich bin mitten in einer Vernehmung!« »Haben Sie meiner Frau gesagt, dass Jakob tot ist?« »Ja, Ihre Frau weiss Bescheid. Reden Sie mit ihr. Ich gebe Ihnen fünfzehn Minuten Zeit. Danach lassen Sie mich weiter ermitteln!«

»Hallo mein Schatz! Entschuldige, ich weiß, dass du mitten in der Vernehmung steckst.« Kurt blieb abrupt stehen, als er Simones verheulte Augen sah. Sie streckte ihre Hand nach ihm aus. Er ging gleich zu ihr und küsste sie sanft auf die Lippen. Sie schlang ihre Arme um Kurt und weinte wieder. Er erwiderte ihre Umarmung und wiegte sie, wie ein kleines Kind leicht hin und her. Schluchzend sagte sie: »Jakob ist tot!« »Ja, ich weiß Bescheid.« Sie löste sich aus seiner Umarmung und schüttelte immer noch fassungslos den Kopf. »Sie haben ihn einfach im Wald zurückgelassen!« Kurt beobachtete Simone mit gemischten Gefühlen. Trauerte sie um einen Freund oder bedeutete ihr Jakob doch mehr? Plötzlich fragte Simone mit erstickter Stimme: »Hast du meinen Brief gelesen?« Kurt nickte angespannt. »Alles was ich geschrieben habe, entspricht der Wahrheit. Bitte Kurt, glaub mir, ich war fest entschlossen, die Freundschaft mit Jakob zu beenden. Als ich ihm sagte, dass ich ihn nicht mehr sehen möchte, bat er mich, ihn bis ins Tessin mitzunehmen. Und jetzt ist er tot! Brutal niedergeschlagen von einem Verrückten. Kurt bin ich schuld an seinem Tod?« Kurt war irritiert und zugleich erschrocken über Simones Frage. Sie war eindeutig noch im Schockzustand. Er umfasste ihre Hände und sagte mit bebender Stimme: »Simone, ihr hattet das Pech, dass ihr von zwei gewalttätigen Typen überfallen wurdet. Ihr ward zur falschen Zeit am falschen Ort. Du kannst absolut nichts dafür, dass Jakob zu Tode kam. Bedenke nur, die beiden Verbrecher hätten auch dich beinahe umgebracht. Sie haben dich bewusstlos geschlagen und einfach in eine verlassene Jägerhütte im Nirgendwo eingesperrt und dich ohne Wasser und Nahrung zurückgelassen. Wenn die Polizei dich nur einen Tag später gefunden hätte ...« Es klopfte an der Tür. Der Arzt wollte nach Simones Gesundheitszustand sehen. Er war über die Vernehmung überhaupt nicht erfreut, weil er der Ansicht war, dass die Patientin noch Ruhe benötigte. Aber ihm war auch klar, dass der Kommissar seine Arbeit machen musste. »Schatz, ich komme später wieder. Und bitte denk nicht an diesen Unsinn. Du trägst keine Schuld!«

## Toskana, August 2005

Simone war froh, dass sie das Krankenhaus verlassen durfte, um endlich mit Kurt in die Toskana zu reisen. Sie war fest davon überzeugt, dass sie sich in Italien am besten erholen konnte. Es folgten lange Spaziergänge in den Weinbergen, genügend Schlaf, köstliche Malzeiten, die von Adriana zubereitet wurden und vor allem Kurts liebevolle Umsorgung stärkten Simone und führten zur baldigen Genesung. In den Nächten, wenn sie wieder von Albträumen geplagt wurde und voller Panik nach Marco oder Jakob schrie, tröstete Kurt Simone, bis sie wieder einschlief. Der Arzt hatte Kurt im Krankenhaus erklärt, dass Simones Unterbewusstsein immer noch daran war, das Erlebte zu verarbeiten. Sollten die Albträume jedoch nicht bald aufhören, dann rate er dringend zu einer Therapie und auch reden sei ein gutes Heilmittel. Ja, endlich redete Simone mit Kurt! Sie erzählte ihm aus ihrer Kindheit, von ihrer großen Leidenschaft, der klassischen Musik sowie von ihren Träumen und Ängsten und über ihre Beziehung mit Marco. Und während Kurt ihr aufmerksam zuhörte, geschah etwas Sonderbares. Er verliebe sich erneut in Simone. Es war ja nicht so, dass er keine Gefühle mehr für sie gehabt hätte, doch die Enttäuschungen und das verlorene Vertrauen, hatten dem Band der Liebe einen großen Riss zugefügt. Und nun entfachte Simone eine neue Leidenschaft in ihm! Tiefe Gefühle kamen wieder hoch. Kurt war selbst von der Heftigkeit seiner Empfindungen überrascht. Denn endlich öffnete sich Simone und ließ ihn in ihr Innerstes blicken.

Kurt war gar nicht darüber erfreut, als sich Kommissar Felber meldete und Simone auf das Polizeipräsidium nach Bellinzona beorderte. Die Tessiner Kollegen hatten einen der angeblichen Täter gefasst. Sie erhofften sich mit einer Gegenüberstellung, dass Simone ihn erkennen würde. Mit Hilfe der Videoüberwachung, hatten sie den Mann gefunden, der bei der Tankstelle hinter Simone an der Kasse gestanden hatte. Er und sein Komplize gehörten einer berüchtigten Bande an, die während der Sommermonate Touristen überfielen. Sie suchten ihre Opfer an den Tankstellen aus. Der Kerl, den sie gefasst hatten, musste ein neues Bandenmitglied gewesen sein, da er vor nichts zurückschreckte. Kurt fand die Gegenüberstellung überhaupt keine gute Idee. Er befürchtete, dass Simones Gesundheitszustand sich wieder verschlechtern könnte. Dazu kam, dass die Täter während des Überfalls Helme trugen. Wie sollte Simone den Mann wieder erkennen? Der Kommissar erklärte ihm, dass anhand der Stimme, Körpergröße und Motorradkleidung eine Chance bestand, den Täter zu erkennen. Simone wollte unbedingt nach Bellinzona fahren. Sie war davon überzeugt, dass sie mit der Gegenüberstellung, endlich mit der ganzen Sache abschließen könnte und dass sie beruhigter wäre, wenn ein Täter gefasst werden würde. Der Kommissar informierte sie auch darüber, dass in drei Tagen Jakobs Gedenkfeier stattfinden würde und Jakobs Mutter den Wunsch hatte, die Freundin ihres Sohnes gern kennen lernen zu wollen. Es wäre für sie ein großer Trost. Simone war sich zunächst darüber unschlüssig. Doch je länger sie darüber nachdachte, umso klarer wurde ihr, dass sie nicht auf Jakobs Gedenkfeier gehen wollte. Es fehlte ihr die nötige Kraft dazu, und sie wollte die Harmonie zwischen Kurt und ihr nicht zerstören. Sie wusste, dass sie nicht mehr ohne Kurt leben wollte. Er tat ihr so gut! Er gab ihr Kraft und Hoffnung. Ja, er war ihr Retter, ihr Mann und zugleich ihr Geliebter. Das machte sie glücklich. Endlich konnte sie seine Liebe erwidern.

\*\*\*

»Schatz, ein Paket wurde für dich abgeben!« Simone war unter der Dusche, als Kurt die Post herein brachte. Ihm stockte der Atem, als er den Absender las. Verblüfft sah er auf das Versanddatum. Das war im Juli gewesen. Kurz bevor sich Simone auf den Weg in die Toskana gemacht hatte. Kurt rannte aus dem Haus und rief dem Postboten nach. Dieser wollte gerade mit dem Mofa los düsen. Als er Kurt sah, errötete er wie ein kleines Kind, das bei einer Dummheit ertappt wurde. Kurt versuchte mit seinen spärlichen italienisch Kenntnissen zu fragen: »Weshalb erhalten wir das Paket erst jetzt?« Der Postbote entschuldigte sich mehrfach und antwortete: »Vor zwei Wochen war niemand zu Hause. Wir haben das Paket auf der Poststelle gelagert und beinahe vergessen, es wieder auszuliefern. Deshalb die Verspätung.« Schon brauste er davon, um nicht weitere Erklärungen abgeben zu müssen. Kurt ging ins Haus und setzte sich an den Küchentisch. Er starrte das Paket an. Simone kam frisch geduscht im Bademantel in die Küche und sagte gut gelaunt: »Schatz, soll ich dir einen Espresso zubereiten?« Als sie Kurts erstauntes Gesicht sah, blieb sie einen Moment stehen. Da erblicke sie das Paket und fragte freudig. »Ist das für mich?« Er nickte. Sie setzte sich an den Tisch und öffnete das Paket, ohne auf den Absender zu achten. Eine rote Schatulle sowie ein Brief kamen zum Vorschein. Neugierig hob Simone den Deckel, der reich verzierten Schachtel. Eingewickelt in einem weißen zarten Taschentuch waren zwei goldene Ringe zu erkennen. Simone blickte Kurt fragend an. Er zeigte stumm auf die Initialen, die auf das Taschentuch gestickt waren. Sie flüsterte: »J.K.« Weiter zeigte Kurt auf den Absender. Simone traute ihren Augen nicht. »Was hat das denn zu bedeuten?« »So wie es den Anschein macht, hat Jakob vor der Abreise ins Tessin ein Paket an dich geschickt.« Mit zitternder Hand nahm Simone den Brief aus dem roten Umschlag hervor und begann, laut zu lesen: »Meine liebste Simone, wenn du diese Zeilen liest, bin ich allein und verlassen im Tessin und verbringe meinen Urlaub hier ohne dich. Ich hatte die Hoffnung nicht aufgegeben, dass du dich doch noch in mich verlieben würdest. Wir hätten so gut zusammen gepasst! Aber du hast dich für deinen Mann entschieden. Und ich muss das wohl oder übel akzeptieren. Zum Zeichen meiner Liebe und treuen Freundschaft schenke ich dir diese zwei Ringe, die meine Mutter für meine zukünftige Frau aufgehoben hat. Es waren ihre Verlobungsringe. Du weisst ja, dass ich meinen Vater nie gekannt habe. Obwohl er uns verlassen hatte und ein Schläger war, hat meine Mutter all die Jahre die Ringe für mich und für meine Traumfrau aufbewahrt, in der Hoffnung, dass ich mit meiner Partnerin mehr Glück haben würde, als sie. Nun überreiche ich dir die Ringe und danke dir aus tiefstem Herzen für die unvergesslichen Momente, die ich mit dir erleben durfte. Durch dich bin ich ein anderer Mensch geworden. Glücklicher und selbstbewusster. Wie gerne hätte ich mein restliches Leben mit dir verbracht. Ich habe so lange auf dich gewartet. Ich hätte für dich alles getan. Ja, ich würde sogar für dich sterben, so stark sind meine Gefühle. Nenn es verrückt. Ja, vielleicht bin ich verrückt, verrückt nach dir! Aber du willst mich nicht und hast unsere Freundschaft gekündigt. Mit dieser traurigen Tatsache muss ich nun leben. Hauptsache du bist glücklich. Ja, werde glücklich mit deinem Mann. In ewiger Liebe, dein Jakob.« Der Brief fiel zu Boden ...

Eng umschlungen und in tiefen Gedanken versunken saßen Simone und Kurt noch lange am Küchentisch, verarbeiteten Jakobs bewegende Worte, bevor sie sich wieder ihrer neu gefundenen Liebe zuwandten.

## *ENDE*